人渣
第二部
SCUM INDEX 02

種

SCUM INDEX02
Bastard

Contents

《人渣第二部》

SIGN
HERE

人渣第二部 殘種

「在香港，你身邊每十四個人之中，就有一個……人渣。」

為什麼我會這麼清楚？因為我能夠看到一個人的人渣程度，我稱之為……

「人渣成分指數（Scum Index）」。

我們生活的社會中，充滿了「人渣」。

……

…

.

愛瑞食品集團股價大跌的一個月後。

愛瑞五角大樓總部會議廳。

最高權力的高層正在開會，當中包括了愛瑞食品集團董事長，食品部的行政總裁（CEO）、四位總經理，還有他們旗下的高層職員。而其他部門的高層也在列席上，包括財務長（CFO）、營運長(COO)、行銷長或業務長（CMO）、資訊長（CIO）等等。

經過前一個月食物中毒醜聞讓股價大跌後，因Q4的財政報告穩健上升，股價終於回到正常水平，甚至比一個月前更高。

簡單來說，股民心中都覺得「食物中毒又如何？又不是我中毒，趁低吸納賺錢更重要！」

愛瑞食品的財政部就是利用了「人性」這一點，讓食物中毒事件瘋狂影響股價，然後再趁低買入，做高股票。

這天的會議已經不是有關中毒醜聞，醜聞已經是「過氣事件」，他們有更大的發展目標。

其他事務長報告最近部門運作情況以後，先行離開，只餘下食品部的各高層繼續會議。

愛瑞食品集團董事長鄧鐵平，由食品醬油起家，小時住在長洲，後來家人把他送到外國讀書，學有所成後，回港加入家族生意，把愛瑞醬油品牌打入全亞洲，然後創辦了愛瑞食品集團。

他滿頭白髮，眉粗充滿了威嚴。

「下個月的營業額展望如何？」鄧鐵平問。

「因為是旺季的關係，應該……應該會有百分之五的增長。」CEO鄧貴佳說。

「什麼是應該？！」鄧鐵平生氣地說：「我要確實的數字！」

鄧貴佳是鄧鐵平的兒子，不過，他只是掛名的CEO，身材瘦削的他完全沒有做CEO的實力，如果他

不是鄧鐵平的親生兒子，或者只是一個愛瑞食品集團的小職員而已。

「支能，給我確實數字。」鄧鐵平說。

「沒問題。」

四位總經理之一的關支能，跟身後的秘書點點頭，然後投射大螢幕中出現了四條食品線的收入比較。

「這是我們四位總經理管理旗下食市的營運收入。」關支能說：「下個月的營收不會有百分之五的增長，反而可能會下降百分之五或更多也不定。」

「為什麼？」鄧鐵平板起了臉。

在大螢幕中出現了四位總經理旗下食市，對比上季度的營運收入。

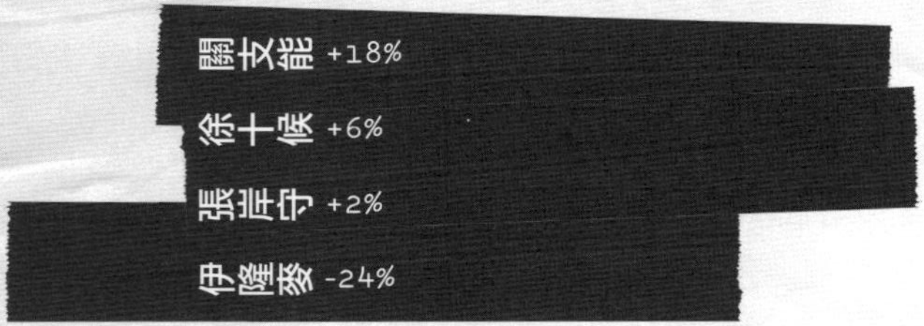

「大家可以看到，就算我的團隊營收比上季度大增百分之十八也好，再加上十候與岸守一共增加了百分之二十六，可惜，最後我們也只能在上季度增加百分之二。」關支能說出了重點。

張岸守就是四位總經理之一。

然後，會議廳內所有人都一起看著「問題所在」。

看著下跌百分之二十四的其中一位總經理——伊隆麥。

「豈有此理！原來是你把整季營收倒賠了！」鄧貴佳立即大罵：「你們團隊在做什麼的？為什麼會下降百分之二十四！快給我解釋！」

身為CEO的鄧貴佳，現在才知道隆麥總的營收下跌嗎？沒錯，因為他一直也沒有理會公司的運作，只愛去打打哥爾夫球、泡妹，當然，都是因為他的媽媽一直縱容，讓他不思長進。

鄧鐵平給他一個凌厲的顏色，鄧貴佳立即收聲。

「這……」

混血的伊隆麥正想解釋，卻被白髮白鬍的徐十候搶著說。

「鬼啊，麥仔搞什麼地區免費食品節，說什麼幫助低下階層，那裡也不知道蝕了多少錢呢。」徐十候撩撩耳朵說：「免費？我們是上市公司，不是什麼善堂。」

「這樣其實可以幫助公司形象！」伊隆麥說：「而且還可以幫助到有需要的人！」

「幫助公司形象是宣傳部的事，但你拿公司的營業額來做宣傳，這只是本末倒置。」關支能直截了當地說。

「但……」伊隆麥想反駁。

「現在不是追究責任的時間！我要知道如何在下季度把公司的營業額提升！」鄧鐵平說。

很明顯鄧鐵平沒有像責怪鄧貴佳一樣責怪伊隆麥，看起來鄧鐵平對伊隆麥沒有這麼嚴苛。

「我有一個方法。」關支能走到伊隆麥的位置，拍拍他的肩膊：「不如我們四個總經理各自的團隊，來一場營業額比賽，這樣可以激勵到大家都向更高的目標前進。」

「我贊成！」一早已經夾定口供的徐十候舉手支持。

「我沒意見，能夠幫助到公司的話，我會參與。」另一個很少說話，四眼文靜的總經理張岸守說。

「就由這一個季度的開始，半年的營業額比賽，我們四個總經理一起參與。」關支能彎下身說：「伊總，遊戲總要有點懲罰，對吧？我們四個人的營業額誰最低，就要……辭去總經理的職位！」

「這……」伊隆麥想反駁，卻不知道要說什麼。

就在此時，關支能看到伊隆麥前方桌上的手機，手機正打開了擴音器。

「你的手機出了問題嗎？為什麼會接通著？」關支能問。

「關、支、能、總、經、理！」

手機突然傳來一把聲音，大叫著他的名字！

原來伊隆麥一直打開了手機，讓「某個人」聽著他們的會議！

「是誰？」關支能皺起眉頭。

「我們伊隆麥總經理接受你的挑戰！」電話的另一邊說：「而且我們還會比你們做多百分之五十的營業額！」

關支能本來疑惑這個人是誰，不過，他思考了不到一秒已經……知道了。

「嘿，好，非常好！」關支能高興地說：「我就看看你們要怎樣比我們做多百分之五十的營業額！」

他看著驚慌的伊隆麥，然後腦海中出現了一個人……

電話再次傳來聲音！

「看著吧！我一定可以把你打敗！徹底打敗！」

關支能腦海中的那個人，就是……

鍾、入、矢！

《當你快要死去，痛苦地呼叫，他們就開始愛你了。》

人渣成分指數排行榜（認識的人）

出場人物	人渣成分指數
徐十候	92
關支能	90
鄧貴佳	82
楊偉超/楊萎	82
陳彩英	82
張戶七/七佬	75
細明/狗明	72
馬大俊太太	71
馬大俊	70
富耀證券經紀古天	68
小傑	67
蘇菲亞	66
二廚	65
周多明	57

出場人物	人渣成分指數
凱琳絲	56
廚房東哥	54
燒味師父良哥	52
英姐	51
金允貞	48
鄧鐵平	48
高美子	44
賢仔	38
溫濤鴻	32
伊隆麥	28
修女	26
鍾入矢	NA
孔藝愛	NA

Chapter eight

Partner

夥伴

夥伴

Chapter eight

Partner 01

允貞企圖自殺一星期後。

今天入矢、多明，還有賢仔從醫院接她回家。

還好，當日他們發現得早，允貞沒有因為失血過多而死去，現在已經慢慢回復過來。

允貞走入了自己曾自殺的房間，本來很凌亂的少女房間，變得非常整齊。

「你們……幫我執屋了？」允貞問。

「哈！對！」入矢傻笑：「不只是房間，廁所也洗了！」

當然血跡一早已經被他們清潔好。

「放心吧，妳的私人物品，甚至內衣褲我們也沒有碰過！都整齊地放回衣櫃！」入矢說。

「才不是！入矢差點想把妳的內褲收起來！」賢仔爆料：「還想用內褲收賣我，叫我一起拿走一條！」

「喂！不是說過不要說出來嗎？！」入矢大叫：「我只是『想』拿走，而不是真正拿走！那個粉紅色的胸圍也是！我沒有拿走！」

「入矢，你怎知道有粉紅色的胸圍？！我沒有見過！」多明托托眼鏡：「不會是你偷偷打開允貞放內衣褲的抽屜吧？」

「才……才沒有！」入矢說：「別說我了，你不也是用鼻子嗅允貞床上的貓公仔嗎？起變態的！」

「我哪有？別要誣蔑我！」多明說：「對對對！我記得了，賢仔更變態……」

他們三個男生都在互相推卸責任與指責！

就在此時。

允貞用力地擁抱著入矢。

全場人也靜了下來。

「謝謝你，謝謝你們！」允貞說。

入矢溫柔地微笑：「傻女，我們是妳最好的快餐店同事，當然會對妳好。」

那段短片被放上網後，全世界都說允貞的壞話，甚至連她的朋友、家人也不相信她，就在她最痛苦的時間，入矢三人一直也不離不棄。

不離不棄地守護著允貞。

允貞的眼淚流下，她打開了雙手，擁抱多明與賢仔，他們四個人一起擁抱著。

「允貞，沒事的，事件很快就會過去。」多明說。

「對！已經沒有人再提起了！」賢仔說。

「放心吧，一切都是我想出來的計劃，我一定會負責。」入矢說。

「謝謝你們！」

經過了在醫院的一星期時間，允貞已經想通，其實自己真的很笨，為什麼會選擇逃避？為什麼要選擇自殺？

「那些發露體照給妳的人，入矢已經找到他們，然後他們的個人身分被公開，現在輪到他們被網絡欺凌了，哈！」多明說。

「抵死！他們竟然傷害我們的允貞小公主！應有此報！」賢仔激動地說。

淚眼中微笑的允貞，很美。

「貞，妳想不想……」入矢拍拍她的頭：「跟我一起對付這些人渣？」

允貞最初認識入矢時，入矢也同樣問過同一個問題。

她用手背抹去眼淚，堅定地說：「會！我一定會！」

「很好！」入矢高興地大叫：「之後，我們四個人一定可以合力把那些『賤種』打敗！」

「賤種？不是人渣嗎？」賢仔問。

「我已經決定了，把人渣成分指數超過八十分的人，給他們一個『種』的稱號！世界上有什麼『種類』是最人渣、最無恥、最噁心的？」入矢說：「他們全部都叫……」

「賤、種！」

夥伴
Chapter eight
Partner 02

時間回到入矢一行人來到愛瑞五角大樓總部的那天。

他們會見的人不是關支能，而是另一個總經理，伊隆麥。

伊隆麥的人渣成分指數只有二十八分，是入矢認識的人之中，第二最低分。

「請坐。」伊隆麥邀請他們四人坐下來：「這次邀請你們來見面，其實是想你們加入我的團隊幫忙。」

「我……不明白你的意思。」允貞說。

「讓我來解釋。」秘書凱琳絲說。

他們在美輪快餐店與Michelangelo意大利餐廳的事已經傳到各高層的耳邊，當然，很多也只是「謠言」，所以伊隆麥決定了調查有關的人等。他從不同的渠道得知，事件都是跟入矢他們幾個有關。

「請問……」入矢看著伊隆麥。

其他三個人都一起看著入矢，因為他竟然對著平時最討厭的高層說出「請問」兩個字。

他們不知道入矢看到伊隆麥是二十八分。

「就算知道是跟我們有關，為什麼又會想我們加入你的團隊？我不明白，是關支能要把我們調走？」入矢問。

「不，是我們要求你們過來幫忙，而且關總經理已經答應了。」凱琳絲說。

「原因？」入矢問。

「先讓我說完，可以嗎？」伊隆麥阻止了入矢的發問。

伊隆麥從不同的資料中，得知入矢把腐敗的高層一一擊敗，他知道自己需要一個這樣的下屬去幫助他去經營旗下營運的食店，所以決定要入矢他們來幫忙。

「老實說，我不知道『傳聞』有幾多是真確的，不過，在剛才第一眼看到你們後，我知道我把你們挖角過來是正確的做法。」伊隆麥說。

「嘿，真的太天真了！」

這是入矢心中的說話，伊隆麥又不能像自己一樣可以看到人渣成分指數，他又怎可能知是「正

確」的做法？

「你的選擇對了！」入矢高興地笑說：「我們的確不會跟那些高層同流合污！」

「那就好了！」伊隆麥高興地說。

他的態度親切，完全沒有一個總經理要有的氣勢。

「等等，不過，相反地，我們為什麼要加入你們？」入矢問：「我們完全不認識你，而且你不也是高層吧？你不同流合污？」

「入矢！」多明碰碰他的手踭。

伊隆麥與凱琳絲對望了一下，然後伊隆麥點頭。

「我們都有共同的敵人，關支能與另一個總經理徐十侯就是我們的敵人。」凱琳絲開門見山說。

愛瑞食品集團食品部的架構，一個CEO跟四大總經理，而CEO鄧貴佳只是董事長的兒子，沒有真正的實權，而權力都落在四個總經理的手上。四個總經理一直在明爭暗鬥，當董事長有一天真的退下來時，真正可以領導整個集團的人，絕對不是鄧貴佳，將會是四個總經理的其中一位。

凱琳絲放出了投射影像，出現了這三年四個總經理的營業成績，而伊隆麥就是最差的一位。

「我希望你們可以加入我們的管理團隊，幫助我們打敗其他的總經理。」伊隆麥說：「我覺得自己不會看錯人，鍾入矢你一定可以幫助我。」

「管理團隊？不會吧？這樣我們就是再次升職？！」賢仔高興地說。

「薪金呢？也會有增加？」多明問。

凱琳絲把手上的資料交給他們：「我們會開出一個合理的薪金，你們可以看看。」

允貞打開來看：「不……不會吧？！加薪兩倍？！」

「還有其他不同的福利，伊總經理只想你們可以加入我們的團隊。」凱琳絲說。

「太好了！我還以又被調到其他的部門辛苦地工作，沒想到會是管理團隊！」多明笑說。

「我可以管理其他人嗎？」賢仔想了一想：「我一世也沒想到！」

就在大家高興之時，入矢把資料file合上，然後推回給伊隆麥。

「我不會這樣簡單就被你說服。」入矢說。

夥伴
Chapter eight
Partner 03

「我還是不明白，你連續三年的營業額都是最差，在這個那麼多競爭的上市公司，為什麼你還可以繼續留在總經理的位置之上？如果你不解釋清楚，我們是不會加入你的團隊。」

「入矢！」多明大叫：「現在是加薪兩倍啊！」

入矢給他一個閉嘴的手勢。

「我明白了。」伊隆麥微笑：「你果然不是一個為了錢與名利，簡單就可以挖角的人。」

「不，我也是一個貪心的人，不過，我更會選擇一個『值得信任』的人。」入矢奸笑：「你好像還隱瞞著什麼，也不見得是一個值得信任的人呢。」

「鍾入矢先生，請你說話尊重一點！」凱琳絲帶點生氣地說。

伊隆麥給她一個手勢叫她停止說話：「明白的，我的確是隱瞞了一些事情，我會跟你說出來，不過，可以只跟你說嗎？而且你要幫我保守這個秘密。」

入矢看著他身上的「二十八」兩個數字，他在考慮。

「好吧！」入矢跟身邊的其他說：「你們先出去，我很快會有加不加入他們的答案！」

……

…

．

半小時後。

允貞三人在總經理房的休息室內等待。

「不知道入矢會不會答應呢？」賢仔說。

「加薪兩倍啊！我完全想不到拒絕的理由！」多明說。

「不過，如果入矢真的拒絕，我們也要支持他！」允貞說：「因為我們四人是一個團隊！」

賢仔與多明看著允貞，沒有說話。

「的確，如果沒有入矢，我們不可能有這樣的機會。」多明說。

「沒錯！就跟隨入矢的決定吧！」賢仔說。

此時，休息室的門打開，入矢走了進來。

「入矢，有決定了嗎？」允貞說：「無論怎樣我們都跟隨你的決定！」

「你們連高薪厚職也不要嗎？」入矢說：「還是想跟我回到快餐店工作好了？」

「由你來決定吧！」多明說：「雖然我因為你要搬屋，不過，就是因為你我才有勇氣對抗那個包租婆！」

「對！因為有入矢你，我這個一直也被欺凌的人，才可以做一次欺凌別人的人！哈！」賢仔說。

「你們真的是……」入矢用手掩著臉頰：「太笨了，寧願跟著我，也不要高薪厚職，太蠢了，果然……你們一世都不會有高分的人渣指數！一世都不能做到人渣！」

入矢拍拍允貞的頭。

「我決定了。」入矢笑說：「加入伊經理的團隊！一起對付那個『能樣』！不，是那個關支能！」

「太好了！」賢仔舉高雙手高呼。

「哈哈！我就知道會是這結果！」多明說。

「為什麼你改變了主意？」允貞問。

「秘密。」入矢說。

「又是秘密？」

「可以跟你們說的就是……」入矢笑說：「伊隆麥總經理的分數只有二十八分！」

「什麼？這麼低分？」

「對，這是另一個可以信任他的理由。」入矢說：「總之，我們再不是關支能的下屬，我們全部人都加入伊隆麥的旗下！」

「那我們何時開始上班？在哪間食店工作？」賢仔問。

「他們會再有安排，正確來說，我要先了解伊經理旗下的食店，然後由我安排！」入矢說：「別忘記，我們現在已經是……管理層！」

他們從快餐店開始，一步一步爬到現在。

未來入矢他們會遇上怎樣的「人渣」？

還是比「人渣」更高級的「賤種」？

了解合約細則以後，不久，他們一行四人離開總經理室。

就在走廊，他們正好遇上了……孔藝愛。

「啊！藝愛！」入矢走上前：「又會在這裡見到妳？」

「對啊？」藝愛表情帶點驚慌：「你們是來見伊總經理？」

「沒錯，妳呢？」入矢在她耳邊說：「那個關支能要見妳？」

「是……是的。」藝愛說：「他想跟我安排新的工作。」

「嘿嘿，他沒有懷疑你暗中幫助我嗎？」入矢問。

「當然沒有！」藝愛說：「不過我們還在這裡聊天，可能就會被發現！」

「妳說得對，那我們再電聯吧！」入矢做了一個打電話的手勢。

藝愛看著他們四個人離開，走入了升降機。

她暗中幫助入矢嗎？

正好相反，她才是入矢……「最沒法預計的女人」。

夥伴

Chapter eight

Partner 04

一星期後。

銅鑼灣一間高級日本餐廳VIP房內。

「入矢，你給我看的那套《咒術迴戰》超好看的，又搞笑！」伊隆麥說：「我從來沒想過日本漫畫是這麼熱血，我小時候都是看《蜘蛛俠》、《蝙蝠俠》等等美國漫畫，我還是第一次接觸日本漫畫！」

「如果你喜歡，還有很多像《咒術迴戰》一樣熱血漫畫介紹給你看！」入矢喝了一口清酒：「比如有一套叫《天元突破 紅蓮螺巖》，超熱血的！不過動畫會比較好看！」

「咳咳。」在一旁的凱琳絲咳了兩下：「兩位，我們回到正題好嗎？」

「對對對！忘記了！」入矢從背包拿出一大疊的資料：「我已經全部看過了！」

資料包括了伊隆麥這幾年內的業績、食市分店的分佈、食材入貨費用、整體支出等等。

「什麼？你真的全看了？」伊隆麥笑說：「我完全沒看過，一看說想睡！」

「所以你的業績才這麼差。」凱琳絲給他一個凌厲的眼神。

「琳絲，別要這樣，哈哈！」伊隆麥苦笑。

「我發現了你們的整體支出非常大，當然，有一半是做慈善用途，不過，另一半是員工的應酬費用，這未免太多了吧？」入矢把資料圈了起來：「另外，食肆方面，比如現在這間高級日本餐廳，都是一直蝕錢的，而賺錢的都只是一些小食店，這樣令你的營業額入不敷支。」

「蝕錢這方面我是知道的。不過，我們不能只有小食店，把蝕錢的高級餐廳都結業吧？」伊隆麥說。

「不是要你的高級餐廳結業，而是……『改革』。」入矢說：「你要利用小食店去吸引更多人到高級食店。」

入矢大約說出了他未來的計劃。

「很好！就跟你的做法去做吧！」伊隆麥說。

「等等。」入矢搖頭：「我不明白，你團隊沒有人每季去修訂營業計劃的嗎？」

「有。」凱琳絲幫入矢加酒：「一會我們帶你去見見他們就明白的了。」

入矢不明白她的意思。

「一會就讓我把你介紹給我團隊的人！」伊隆麥說。

「其實我的職位是什麼？」入矢問。

伊隆麥想了一想：「我記得我小時候，爺爺說過一個《鹿鼎記》的故事給我聽。」

「嘿！我才不會做你的小桂子！」

「你是我的左右手，那就叫……總經理助理吧！」

「好像有點古怪呢……」入矢說：「讓我再想想。」

「差不多時間了。」凱琳絲看看錶：「十分鐘我們去另一間大房開會。」

「沒問題！」

十分鐘後。

他們來到了高級日本料理餐廳的大房，和式門還未打開已經聽到熱鬧的對話聲。

穿上和服的侍應打開了和式趟門。

「伊總經理！」一個禿頭的男人立即走向他們。

入矢看著大房中的十多位高層。

「嘿嘿嘿嘿嘿……」他笑了。

「你在笑什麼？」凱琳絲問。

「我終於明白妳剛才說『一會我們帶你去見見他們就明白了』的意思了！」入矢說。

在他眼前的人……

七十二、七十五、七十九、八十一、八十二、八十三！

全部都是人渣！

不，不對，是比人渣更人渣的「賤種」！

*《咒術迴戰》，芥見下下作品，二零一八年至今。

*《天元突破 紅蓮螺巖》，森小太郎作品，二零零七年至二零一三年，全十卷。

夥伴 Partner 05

Chapter eight

兩小時後。

根本就沒有人在開會，大家都是在閒聊吹噓，有些人都只是在拍拍伊隆麥的馬屁，完全沒有一個人是認真開會，當然，突然在伊隆麥身邊出現的入矢，也成為了那群「賤種」拍馬屁的目標。

有的人在奉承他，有的人根本是看不起他，對話中，根本沒有一句是真心說話。

在職場中，不就是這樣嗎？

大家都只是喜歡說出客套的虛偽說話，入矢最怕這些場合。

各部門的高層離開後，只餘下伊隆麥、入矢，還有凱琳絲。

「嘿，沒想到……你的下屬全部都是……『賤種』。」入矢帶點醉意說。

「入矢，竟然他們看起來不像什麼好人，你也不能這樣說他們。」凱琳絲也有點醉意。

入矢看著她：「對，我還沒跟你們說，其實我可以看到……『人渣成分指數』，我可以看到一個人是不是……人渣。」

「什麼？哈哈哈！入矢你一定是醉了！哈哈！」伊隆麥大笑。

然後，入矢詳細地跟他們解釋自己的「能力」。

「你說我……只有二十八分？是你認識的人中第二低分的人？」伊隆麥問。

「對，所以我才會幫助你。」入矢看著凱琳絲：「妳也別要太介意，五十六分都是偏低的，妳也不是什麼人渣賤種，我是知道的。」

「如果你說的話是真……你之前對付的人……」凱琳絲說。

「沒錯，就是因為我可以看到他們都是人渣，所以用我的方法去打敗他們！」入矢說。

「我不明白！為什麼我只有二十八分？」伊隆麥還在想著這個問題。

入矢走到他的身邊坐下來，他們一起坐在榻榻米上。

入矢拍拍他的大腿：「我的指數是不會錯的，你的確是一個好人。」

只有二十八分的伊隆麥為什麼可以進入這間充滿人渣的上市公司？而且還要是做高層？

其實，伊隆麥是鄧鐵平的……私生子。

鄧鐵平四十多年前在瑞典認識了伊隆麥的母親，當年鄧鐵平還未開始創立愛瑞食品集團，而且已經有家室。瑞典人都比香港人和善，而且不像香港人一樣追逐名利，鄧鐵平深深被這位瑞典少女吸引著。

之後不用多說，他們有了伊隆麥，這段隱藏的關係一直來到伊隆麥十八歲，她的母親因病離世，鄧鐵平決定安排已經成長成人的伊隆麥來到香港生活。

伊隆麥在香港本來是做外語教師，一直也生活得不錯，每個月還會跟鄧鐵平見面，直至五年前，鄧鐵平想他加入自己的食品集團。本來伊隆麥是拒絕的，不過鄧鐵平希望給伊隆麥媽媽作為一個補償，他想伊隆麥可以擁有自己的「成就」，擁有他在愛瑞食品集團的「財富」。

最後，伊隆麥答應了鄧鐵平。

這個私生父子的關係，沒有太多人知道，只有伊隆麥最好的朋友與親人才知道，當然，他的私人秘書凱琳絲也是其中一位。

「老伊，你知道嗎？當你那天把你的事告訴我時，我第一個感覺是什麼？」入矢問。

「是什麼？」

「這個只有二十八分的男人，真的是個白痴！大白痴！」入矢笑說：「這個私生子的秘密，如果我向傳媒披露，一定可以賣到很多錢！」

「哈哈！你不會的……」

「錯了，我會，有瑞典血統的人都這麼容易信人嗎？」入矢說：「不過，就是因為你的真誠，我決定幫助你。」

「現在我也知道你的『秘密』了，就當是打個和！哈哈！」有幾分醉意的伊隆麥拍拍入矢的肩膊。

其實入矢也不是太介意把自己的「能力」說出來，他不是怕被發現，而是怕不會有人相信。

不過，看來伊隆麥與凱琳絲，他們相信了。

「什麼打和？你一樣要出糧給我！」入矢笑說。

「當然！」

然後入矢跟伊隆麥來了一個擊掌。

像漫畫的角色一樣擊掌。

「你們兩個男人真的是……」凱琳絲沒好氣地說：「好了，我們差不多要走了。」

「OK！下星期開始，我開始整頓你team的人！」入矢說。

「拜託你了！」伊隆麥說。

「啊！對了，我忘記了！」凱琳絲看著手上的行程筆記簿才記起：「入矢，你叫我調查你朋友溫濤鴻的事，我已經找到那個David Chan。」

David Chan就是外判投資部門同事。

「真的嗎？」

「對，不過雖然叫投資部門，但不是屬於愛瑞的內部，可以說是外判吧。」凱琳絲說。

「即是說，就算找出什麼害人的證據，也沒辦法追究愛瑞？」入矢問。

「對，就是這意思。」凱琳絲說：「不會追究愛瑞集團，這也是我願意幫助你的原因。」

「明白的，如果可以請幫我聯絡這個David Chan見面。」入矢說。

「我試試聯絡他。」

「謝謝。」

入矢向溫濤鴻一家自殺的真相……

再走前一步！

夥伴

Chapter eight

Partner 06

兩天後。

恒生銀行大廈 David Chan 辦公室。

David Chan 全名陳達萬，是一間投資公司的職員。

凱琳絲幫我找到他，不過，他已經沒有在之前的公司工作，現在是在新公司工作。

我在投資公司的長沙發等待。

現在暫時唯一線索是這個叫陳達萬的男人，不過，我相信他不是一個好對付的人，尤其是在投資公司工作。在我臉前經過的，沒有一人的人渣指數是在六十五分之下。

因為一個字。

「**錢**」。

世界上，沒有比這個字更容易讓人變得邪惡。

此時，櫃台的小姐走向我：「陳生說你可以入去了。」

「好的，謝謝。」

我走到她指示的尾房打開大門。

「這……」

我被眼前的景象嚇呆，在房間內貼滿了剪報，還有一塊大白板寫滿了人物關係圖，而其中一個名字是……溫濤鴻！

「終於有人來找我了。」他說。

一個肥胖的男人微笑地走向我，他的人渣成分指數是……四十五分。

只有四十五分！

「你是哪位死者的親友？」他問。

我聽到他輕鬆地說出這句話，莫明火起！我立即走到他面前揪起他的衣領！

「肥仔！是你害死了濤鴻一家？！」我憤怒地說。

「啊！原來你是溫濤鴻的親友。」陳達萬還是輕鬆地說：「真的很慘，一家三口這樣就死去。」

「快說！為什麼要害死他們！你……」

「我也在調查。」陳達萬拍拍貼滿牆壁的資料。

「你也在調查？什麼意思？」我問。

「就是字面的意思，我在追查幾單宗自殺事件，全部都是有關投資蝕錢後自殺的事件。」陳達萬說。

我一面茫然。

「你先坐下來，我會詳細解釋給你聽。」

陳達萬幾個月前還是「開戶證券公司」的職員，的確，所有有關愛瑞食品公司轉介的客戶都是由他去接見，當中包括了溫濤鴻。

而陳達萬跟新的客戶見面後，就會把客戶交到「開戶證券公司」的其他投資職員去處理。當日，因為溫濤鴻不太懂投資，所以也叫他的太太周淑麗一起前來。

「其實，所有投資的事都是由周淑麗處理，他們沽空『優滋國際』的股票，最後輸了幾百萬。」陳達萬說：「因為欠債而一家自殺死去。」

「不！淑麗也是我的朋友！她不會因為輸了幾百萬而自殺！甚至連同自己的女兒與丈夫一起死去！她不會這樣做！」我非常肯定地說。

溫濤鴻又是沒有任何情緒，然後把一份資料遞給我看。

「這是我從周淑麗的精神料醫生那裡得到的，她一直也患有嚴重的精神問題。」陳達萬說。

「怎可能？！」

「或者你是她的朋友，不過，有很多秘密的私事，你是不會知道的，對吧？」他說。

的確，我可以看到淑麗的人渣指數只有五十二分，卻不知道她患有精神問題。

「就算是有嚴重的精神問題，也不會這樣自殺……」我緊握著拳頭。

陳達萬給我另一份資料，上面寫著「自殺調查社」。

「這是他們三人的死亡報告，別要問我為什麼可以得到，總之我就是有方法得到。」陳達萬說：

「上面寫著，他們死後解剖發現身體內有安眠藥的成分，很大可能是周淑麗先給女兒與溫濤鴻吃下安眠藥，然後一起燒炭死去。」

「怎……怎會？」我整個人也呆了。

「喂，朋友，你又說在調查，為什麼這些資料你也不知道的？」陳達萬反過來質疑我。

「你說什麼？！我又怎可能得到死亡報告？！『*自殺調查社』又是什麼鬼？」我生氣地說。

「總之是一間可以幫我找到自殺資料的公司吧，我都說別要問我如何得來。」陳達萬說。

「等等，為什麼你一直說，好像說到事件完全不關你事似的？」我問。

「你問得正好。」陳達萬摸摸自己的雙下巴：「最初我的確是不知道投資與自殺會扯上關係，而且也沒有去質疑什麼。不過，在幾個月前我發現了在幾年內，來到『開戶證券公司』投資的客戶中，有四五宗類似的自殺事件發生，所以我就開始懷疑了。」

我看著這個目無表情的肥子，再看看房間貼滿的資料。

「最後我決定了離開『開戶證券公司』，來到我朋友開的投資公司，開始展開調查。」陳達萬說。

他就像我一樣，希望可以調查出事件的來龍去脈，只是跟我用上不同的方法。

「直至現在，我調查到的資料中，發現了一個很重要的『線索』。」陳達萬說。

*自殺調查社，請欣賞孤泣另一小說作品《自殺調查員》。

「是什麼線索？」我問。

「在我說出來之前，我反而想知道你為什麼要調查溫濤鴻死亡的事？」他反問我。

我說出了我跟溫濤鴻的關係，還有加入了愛瑞食品集團的經過。

「原來如此。」陳達萬終於露出一個愉快的表情：「沒想到還有其他人跟我一起調查。」

「快說！你發現了什麼線索？」我心急地問。

「安眠藥的成分。」他說。

「安眠藥的成分？」

他從雜亂的文件中，找出了一份驗屍報告，驗屍報告上寫著「*MESUS」。

「幾單自殺案都是用了同一種安眠藥，而且手法也有雷同，這是從警方一個名為『MESUS』的秘密部門所得到的資料。」陳達萬說：「跟之前一樣，別要問我有關『MESUS』的事。」

我才不理會他的資料來源，我看著手上的資料。

安眠藥的成分中，包含了一種艾司佐匹克隆（Eszopiclone）的非苯二氮類鎮定劑，很多安眠藥都會採用這種成分，不過從幾位死者的安眠藥中，發現了「改良」了的艾司佐匹克隆，這種鎮定劑是西班牙出品，用在一些紅酒之中，可讓人有短期的情緒反應作用。

不過，因為過於危險與容易成癮，西班牙政府已經禁止生產這一種「改良艾司佐匹克隆」。

「不是很奇怪嗎？幾宗自殺案，也是跟『開戶證券公司』有關，而且也是用上同一種的安眠藥服用後自殺，而且，那幾個客戶同樣都有情神上的問題，所以……」

「人為的！」我看著他：「有人在計劃使他人自殺！」

「Bingo！」陳達萬指著我：「我不知道計劃使他人自殺的真正原因，不過我可以肯定有人用上相同的方法去讓別人自殺！」

沒想到，溫濤鴻的死會是一連串的「計劃」。

「我已經暗裡調查『開戶證券公司』的高層成員，不過你要知道，做金融的不是這麼簡單就可以套到說話。」陳達萬說：「正當我走到死胡同之際，沒想到你就出現了。」

「什麼意思？」

「愛瑞食品集團。」陳達萬說：「我調查到非法獲得這種改良艾司佐匹克隆，只有愛瑞食品集團，他們非法引入的紅酒，還有改良艾司佐匹克隆。你不是在這集團工作嗎？不是正好可以調查？」

「你怎知道愛瑞集團引入紅酒？」我問。

「我都說別要問我如何知道，總之我有渠道得到我所說的資料。」陳達萬把iPad給我看：「這是購入紅酒的收據，他們利用紅酒做掩飾，當中也購入了改良艾司佐匹克隆與安眠藥，當然，根本就沒有人會懷疑，而且也不屬於證據，就算是告他，也只能說是購入非法的紅酒。」

在收據的下方，有一個簽名……徐十候。

四個總經理中的其中一位！

*MESUS，請欣賞孤泣另一小說作品《世界上沒有鬼》。

夥伴

Chapter eight

Partner 08

「媽的！濤鴻的死就是跟他有關？」

「朋友，這事件不簡單，暫時別要跟其他人說，這樣會打草驚蛇，甚至惹上殺身之禍也不定。」陳達萬說：「你明白我的意思？」

我看著這個只有四十五分的肥子。

「為什麼……你要調查這些事件？我是為了我的朋友，而你呢？」我問。

「哈，很奇怪嗎？」陳達萬說：「我已經賺夠了一世生活無憂的錢，現在的我只想知道事件的『真相』，查出真相後，至少對得起那些由我引薦的客戶。」

他是出於一份「自責」。

對自己被利用卻害死了人的一份從心底的「內疚」。

「不是每個做金融的人都是仆街，我們還是有自己的良知。」

很奇怪，這個肥子目無表情地說出這一句話，卻讓我對從事這職業的人有一點改觀。

我可以看到人渣的分數，我一直也覺得，愈是位高權重與跟錢有關的人，人渣指數愈是高分，不過，自從出現了伊隆麥與這個肥子，我開始明白，每一種職業都可以存在「不是人渣」的人。

「你叫鍾入矢嗎？老實說，最初收到凱琳絲的來電，我還以為是其他的事，沒想到，你跟我一樣在調查朋友的死。」陳達萬說：「入矢，愛瑞那方面就由你來調查吧，記得，暫時先不要打草驚蛇。」

「知道了。」我說：「我一定會把害死濤鴻的人查出來！」

「合作愉快。」

我們握手。

「我可以拍下你貼在牆上、大白板上的人類關係圖與剪報等等資料嗎？」我問。

「當然可以，不過都是那一句，先別要給其他人看。」他說：「多了你加入調查，我們一定可以更快找到他們犯罪的證據。」

「對！」

這次，我再不是孤軍作戰！

×××××××××

第二天早上。

愛瑞五角大樓的頂層會議廳。

「先生！你不能擅自進入會議廳！」在會議室外的秘書說。

「我是來找人的！走開！」

他走入了會議廳！

「發生什麼事？」董事長鄧鐵平大叫著。

「他……」

「徐濕九！」他大叫。

他走到徐十候的前方，四個保安員已經一左一右一前一後把他捉住！

「徐濕九！你聽著！我一定找到你害死我朋友的證據！」

這個亂闖入會議廳的人，就是鍾入矢！

他不是答應陳達萬不打草驚蛇？

入矢才不會，他從來也不是一個「乖乖聽話」的男人！

「入矢，發生什麼事？別要這樣！」伊隆麥走了過去：「你們先放手，沒事的！他是我團隊的員工！」

保安員放開了入矢，同時，徐十候也不慌不忙地站了起來來著他。

「啊？我不知道你在說什麼，也不知道你是誰，不過，我可肯定從來也沒害死過任何一個人。」徐十候奸笑：「不過，如果你有什麼證據，就拿出來吧，嘰嘰。」

在入矢眼前的徐十候，人渣成分指數……

九十二分！九十二分！九十二分！

比在他身邊的闞支能更高！九十二分！

「賤種！你即管笑吧！」入矢面容扭曲地說：「我一定！肯定！必定！有仇必報！我他媽的要你比、死、更、難、受！」

「隆麥，你養了頭怎樣的狗？竟然在這會場亂吠？」徐十候大叫：「保安！把這個白痴拉出去！」

「入矢，你先出去吧！」凱琳絲也走了過來：「我跟你一起出去！」

入矢沒有再反抗，他環視會議廳內的每個高層。

他……看到了一個……

「完、全、不、能、想、像、的、人」！

然後，入矢看著最高權力的鄧鐵平。

「真的讓我大開眼界！」入矢認真地說：「或者，要有你們這群『人渣』存在，世界才會更繁榮。可惜，我反而覺得……為什麼要繁榮？簡簡單單的生活與生存下去，不是更好嗎？」

入矢說完莫名其妙的說話後轉身離開。

鄧鐵平看著他離開的背影。

他想起了從前還未創辦愛瑞食品集團之前的自己。

入矢的說話，讓他有另一種感受。

Chapter nine

Deploy

部署

部署
Chapter nine
Deploy 01

入矢大鬧愛瑞五角大樓的一星期後，全公司也流傳著這件事，更誇張的甚至說他跟徐十候大打出手。

至於允貞的影片被放上網，幕後黑手是誰？也不會離得開關支能與徐十候等人。

然後，入矢再次接受關支能的挑戰，而且還誇口說要做多百分之五十的營業額。

當天是伊隆麥讓入矢透過手機一起聽聽開會的議情，當然他不會知道入矢最後會說話，甚至說做多百分之五十的營業額。

不過，最後伊隆麥也接受了這次的挑戰。

他相信入矢。

也相信自己看人的眼光。

……

…

．

伊隆麥的辦公室內。

一個重要的人來到他的辦公室。

他的父親，鄧鐵平。

他們兩人一起看著落地玻璃外的維多利亞港。

「隆麥，你真的認為自己可以把營業額起死回生？」鄧鐵平問。

「嗯，我相信我的人。」他說。

「你說那個叫鍾入矢的小職員？」鄧鐵平問。

「對，就是他。」伊隆麥看著自己的父親：「我已經決定把我在愛瑞的所有，押注在他的身上。」

「唉……」鄧鐵平突然苦笑：「你就像你媽一樣，總是這麼容易相信別人。你現在是把我的畢生事業押注在一個小職員身上。」

「這……」

「不用解釋。」鄧鐵平阻止了他說話：「我安排你做總經理這個職位，就像你相信那個人一樣，因為我相信你。」

「謝謝你，鄧生。」伊隆麥說。

「現在沒有人，也不叫一聲爸爸嗎？哈！」鄧鐵平說。

「不，只要我還在五角大樓中，你永遠也是我的董事長鄧生。」伊隆麥笑說。

「哈哈哈！」鄧鐵平高興地大笑：「隆麥，老實說，我的身體一天比一天差，總有一天我也要退下來，我希望把公司交給一個有能力的人，這次是你最好的挑戰。」

「我明白的。」伊隆麥說。

「簡簡單單的生活與生存下去，不是最好嗎？」鄧鐵平回憶起入矢的說話：「那個小子真的很有趣，其實我不也是這樣想嗎？可惜，我之下有幾萬員工在我公司工作，他們要養家生活，我還可以選擇簡簡單單的生活嗎？」

伊隆麥看著他。

「不處於我的位置，他們永遠不會明白在『高處』的心情。」鄧鐵平說：「好了，我先回去，總之，希望你可以不負所托。」

「知道的。」伊隆麥向他尊敬地鞠躬。

鄧鐵平離開後，伊隆麥坐到沙發上，他看著入矢給他一大堆「改革」的資料，在資料的面上，還親手寫了一句漫畫的名言。

「若不想輸給任何人，就得先認清自己的弱小。」——《FAIRY TAIL魔導少年》

「嘿，入矢你這個人真的是……」伊隆麥苦笑：「你真的覺得自己是弱小？還是覺得我弱小？」

他揭開了資料，第一頁出現了封面名言的下一句，是《FAIRY TAIL魔導少年》這套漫畫角色艾露莎所說的話。

「並且，永遠溫柔善良。」

「嘿嘿，入矢，我的一切，就交托給你了。」

＊《FAIRY TAIL魔導少年》，真島浩作品，二零零六年至二零一七年，全六十三卷。

部署 Deploy 02

Chapter nine

接受挑戰的三天後。

今天我跟多明、賢仔，還有被我拉攏過來的藝愛，正式約見伊隆麥旗下的食品餐廳高層。

本來，關支能已經安排好新的工作給藝愛，不過，伊總替我出手，讓藝愛回到我們的陣營之中。

至於允貞，我還是不想她接觸其他人，我要等她真正的「準備好」才會叫她幫助我。

「入矢，這樣做真的可行嗎？」多明問。

「百分百可行！」我認真地說。

「他們真的會聽你的說話？」賢仔說。

「百分百聽聽話話！」我再認真地說。

「自從入矢大鬧愛瑞五角大樓之後，已經沒有人不認識他了。」藝愛說。

「難不成入矢你是……」賢仔在思考。

「沒錯！我是有心這樣做的！」我笑說：「本來寂寂無名的我，已經跟從前今非昔比！」

別當我是傻瓜一樣亂闖入愛瑞的會議廳，我根本不是想大罵那個徐濕九，我只是想更多人知道我的「存在」。

無論是看不起我當我是傻仔，還是覺得我勇敢，什麼也好，我根本不在乎，我只是想讓全個企業的人都知道有我鍾入矢的人存在！

「藝愛，今天要見的人都會來？」我問。

「讓我看看。」藝愛看著手上的iPad：「自助餐、火鍋店、日韓餐廳、扒房、甜品店、酒店餐廳、港式麵店、咖啡店、快餐店、漢堡包快餐、主題餐廳、薄餅店、酒吧、會所餐廳、酒樓、懷舊冰室、法國餐廳、泰式餐廳、海鮮店、素食店、寵物Cafe，以上全部的高層與管理層都會出席。只有台式餐廳與印度餐廳的代表不能出席，不過我會在會議後，跟他們複述你的說話。」

「好的。」我說。

「港式、中菜、粵菜、台菜、日本菜、韓國菜、泰國菜、意大利菜、法國菜、中東菜、印度菜……」多明看著我已經一早準備好的資料：「太恐怖了，這只是伊總經理管理的食市，還有其他總經理的加起來，真的是一個食品王國！」

「所以我需要更多人幫手，我會跟藝愛去找尋一些『有用』的人材！」我看著藝愛。

「對，我會幫手的。」藝愛微笑。

她可以找到運氣好的人，而我可以找到幫助到我的人，加起來就是如虎添翼了。

「不過，現在最重要是先去應付伊隆麥旗下的老Seafood管理層。」我說：「之後的我會再部署。」

那晚在日本餐廳，我已經見過大部分伊隆麥旗下的高層，當中有幾位是超過八十分的「賤種」，簡單來說，就像是有不只一個像楊偉超的人在我面前。

如何對付這「一群」賤種？

嘿，我當然有方法。

「你們知道《龍珠》中，比達與孫悟空的關係嗎？」我問。

「他們本來是敵人，後來成為了朋友。」多明想起了《龍珠》的劇情。

「對，敵人的敵人就是朋友。」我說：「比達與孫悟空是競爭對手，同時，也為了地球聯手對付敵人。」

要對付這一群「賤種」，不是要讓他們成為敵人，而是我的……朋友。

一小時後，三四十位餐廳的高層已經到來。

看見他們的嘴臉真想作嘔，而且分數愈高的愈討厭。

我不知道台下的他們是不是在取笑我，又或者是扮作尊敬我，我只知道他們分數愈高，愈會接受我的「條件」。

十分鐘後，我的演講正式開始。

「入矢，我不明白，你的稿中沒有寫明，其實什麼叫……」藝愛曾幫我對稿：「『啤酒妹計劃』？你意思是用女色吸引他們？但有兩成的高層是女性來的啊。」

「才不是這個意思呢。」我奸笑：「嘿嘿！這是我的**必殺技！**」

*《龍珠》，鳥山明作品，一九八四年至一九九五年，全四十二卷。

「大家好！」我在台上說：「有些人應該在不久前已經見過我，我再來介紹一次，我叫鍾入矢，我們的團隊暫時有多明、賢仔、藝愛，還有一位允貞，她今天有事不能來。」

我看著台下目無表情的人，對我的自我介紹毫無興趣。

「我是伊隆麥總經理專程請過來幫手，大家也知道我們現在正跟其他的總經理比賽營業額吧？我就是為了這事而來。」

「我一早聽過你的大名了！哈哈！」台下起哄說。

「大鬧五角大樓！」

全部人都在笑，我感覺到恥笑我的人更多。

「嘿，很好，你們都知道了。」我跟多明與賢仔對望了一眼：「我跟伊總溝通過，我來到他的團隊幫手，究竟是什麼職位？我想了很久，因為我不可能跟台下的你們比較，你們已經是非常資深的管理層，我這個剛入職不久的人，怎可能職位比你們高呢？所以，我決定了……」

多明與賢仔收到我的指示，把台上的布簾拉下，出現了我們部門的名稱。

「專業福利部」。

「簡單來說，我們就是你們的福利專員！我們不會介入你們的日常運作，只會為你們謀取福利！」

我笑說。

對著這群老Seafood賤種，我第一戒條是「不能越權」，他們已經對我有戒心，我要「利用」他們，就不能站在他們之上。

「有什麼福利？別要只說不做。」台下一個鬍鬚男人問。

「對，這又跟我們有什麼直接關係？」

「對比賽營業額又有什麼幫助呢？」

一連串的問題在發問，簡單來說，他們的問題就是……

「我有什麼著數」？

「慢慢來，大家請放心。」我坐到台上的桌上：「新官上任，我已經成功為各位爭取了第一次的福

利，而且是很可觀的收入。」

藝愛播放著台上的投射螢幕，出現了百分之二十的字眼。

「由本月開始，你們的食店餐廳所有員工，包括高層、廚師、侍應等等，都可以平分食店純利的百分之十！當然，在管理層的你們最辛苦吧，所以在百分之十分成之中，可以得到一半，百分之五的分成！」

一說到「錢」，台下的人已經開始議論紛紛。

「打個比喻，周經理旗下的八間火鍋店，如果一個月的純利總額是五百萬，他們全部員工就可以分到五十萬的福利金，而你們管理層，就會得到……**二十五萬的額外收入！**」

他們已經不是輕聲地議論紛紛，已經變成了高聲地熱烈討論！

「只要你們的食店營業額愈高，你們的福利金愈多！哈哈！不只是你們，而是你們的下屬都會有所得著！」我大聲地說：「這樣會激勵到員工的士氣，而且你也可以說是你為了他們而爭取的福利，一舉兩得！」

「啤酒妹計劃」。

啤酒妹是怎樣賺錢？就是用盡方法去銷售公司的啤酒，愈買得多收入就愈多。同時，也是很多零售行業的「佣金」銷售方法，我現在把這一套「機制」套入飲食行業。

可能有人會說，少了百十之十的純利收入，公司怎樣營運？

現在伊隆麥旗下的食店虧蝕超過百十之二十，加起來不就虧蝕百十之三十？

錯了，大錯特錯！

只要有這個「佣金」制度，無論是賣出一個人蔘雞煲，還是一個漢堡包，甚至是一杯凍檸水，所有人都會有分成，當每一個人都有分成收入之時，就如啤酒妹一樣，大家都會落力去……

「把自己的薪金最大化」。

尤其是這群賤種，他們的貪婪絕對不會比其他人少，他們又怎會放棄這賺錢的機會？

「我想跟你們說！」我說：「別忘記，我不是你們的敵人！我們是坐在同一條船！所以各位高層，我們有錢齊齊搵！請大家多多指教！」

我向他們鞠躬，他們看不到我其實在……奸笑。

「很不錯的！有錢齊齊搵！」一個光頭的男人高聲地叫著，然後拍手。

台下的人渣賤種們都跟著一起拍手！

我跟光頭佬對望了一眼，他是薄餅店的高層，有八十一分，我預先給他一點錢，收賣了他。

當然，錢是伊隆麥給的，嘿。

「好好好！謝謝大家的掌聲！多謝！多謝！」我做了一個恭喜發財的手勢：「另外我們會幫助你們安排人事調動，還有我們會有各食店的新制服安排，總之這次的改革，大家可以一起賺大錢！」

我給他們甜頭，然後我會慢慢「操控」他們。

我繼續我的改革方案，當然之後的都是一些雞毛蒜皮的事，最重要的「訊息」我已經加入了他們的思維之中。

大會完結後，我只叫酒吧、日韓餐廳，海鮮店三位管理層留下來，因為他們的人渣指數分別是八十一分、八十二分、八十三分。

「藝愛，他們的運氣如何？」我在她的耳邊問。

「都是B+以上，最少有八十分。」她說。

「很好。」

「三位你們好！」我笑說。

小馬哥，海鮮店管理層，管理二十間海鮮餐廳與食店，西貢、長洲、鯉魚門等等都有分店，人渣指數八十一分。

朴韓杉，日韓餐廳管理層，高級日韓餐廳都是由他管理，伊隆麥旗下餐廳的營業額有百分之二十是來自日本菜韓國菜，人渣指數八十二分。

澤哥，酒吧管理層，伊隆麥旗下油尖旺、銅鑼灣、蘭桂坊七成酒吧都是由他管理，人渣指數八十三分。

「其實，我知道三位都是最資深的高層，我想來問問你們覺得這次的福利計劃如何？」我客氣地問。

「哈哈！入矢兄弟，你的『福利』真的很不錯！」像黑社會大哥的小馬哥用力拍打的我肩膀：「我們的手下，不，我們的員工一定很高興！」

「重金必有勇夫，應該可以幫助到營業額。」比較斯文的朴韓杉說，他應該有一半是韓國人血統。

「還好，對我們酒吧來說，是很好的收入。」戴上太陽眼鏡的澤哥說：「不只是賣酒，賣其他小食也有佣金，我喜歡。」

「那就好了。」我皺起眉頭：「不過……我還是有點不放心。」

「不放心什麼？」小馬哥問。

「我怕有人會破壞我們的福利計劃？」我說。

「怎說？」澤哥說。

「我打聽到伊總旗下的團隊，潛入了其他三位總經理的人，就是二五仔吧。」我認真地說：「你知道吧，如果我們的計劃是成功，他們一定會走出來『破壞』，所以……」

「你意思是如果有什麼反對的聲音，請我們多加注意？對吧？」朴韓杉自信地微笑。

「如果找到了二五仔就通知你？」小馬哥奸笑。

「對對對！因為三位都都很資深的高層，而且找你們三位都是伊總的意思，他很相信你們！所以希望你們可以幫我們對付『那些人』，讓我的計劃能夠成功進行！」我說。

伊隆麥才沒說過相信他們，都只是我編的假話，當然，有沒有「二五仔」我根本不知道，我這樣說反而是要讓人渣指數最高的三位有「戒心」，而且我要他們知道我們都有共同的「敵人」。

別忘記……「敵人的敵人，就是我們的朋友。」

這次我要對付超過八十分賤種的方法，就是……要他們成為我的「同伴」。

就如孫悟空與比達的關係。

「謝謝三位！」我向他們鞠躬答謝。

第二天晚上，停留二手漫畫店。

我們四人，還有允貞、高美子一起開會。

「允貞，已經準備好佣金計劃的詳情小冊子嗎？」我問。

「嗯，已經完成了，高美子也看過一次沒問題。」允貞微笑說。

「很好！」我拍拍她的頭給他鼓勵：「好，另外各食店新的制服如何？」

「我已經聯絡了製衣廠，製作這麼大量數目的新制服，他們說還可以便宜一點！」賢仔說。

「不錯！新制服的事就交給你了！」

「入矢，我已經看過了新制服的設計圖，好像跟之前一樣，沒什麼改變呢？」高美子說。

「錯了，我覺得還可以改得更好。」我笑說：「妳沒發現嗎？女侍應的裙都改短了兩三吋！你相信我，這對營業額很有幫助！」

「哈哈！入矢你真壞！」多明明白我的用意。

「允貞與藝愛都試穿過了！超正的！」我跟她們單單眼。

「你們男人真的是呢。」藝愛沒好氣地說：「多明，安排給你的事呢?完成了嗎？」

「對?進度如何?」我問。

「你知道全港有多少間小店嗎？」多明拍拍心口：「給我一點時間吧！」

「好的，之後會安排更多的人手幫助你。」我說。

「是什麼安排？」高美子好奇地問。

「我們要跟各區的小店合作！」我說：「愛瑞食品集團佔有四成的市場，同時代表了，還有六成食店不是愛瑞的！我想跟他們合作，這樣對宣傳很有作用。」

「原來如此！」高美子說。

「還有最麻煩的人事調動，明天我會跟藝愛去人事部舉辦的招聘日，我們會招聘合適的人加入。」我說。

藝愛點點頭。

一個可以看到別人的運氣、一個可以看到別人的人渣分數，我想我們這對組合絕對可以請到合適的人。

我繼續安排工作與討論改革的細節。

「我想去洗手間。」允貞說。

「洗手間要匙鎖的，我給妳。」高美子說：「洗手間在商場走廊的盡頭。」

「好的。」

「我跟妳一起去，晚上兩個人一起去比較好。」藝愛微笑說。

「好。」允貞微笑點頭。

……

…

．

女洗手間內。

兩個出現在入矢身邊的女人，去完洗手間後，一起梳洗。

「沒想到商場的洗手間還不錯呢，很清潔。」藝愛說。

「對啊，而且還有紙巾，這些舊式商場很少有啊。」允貞在洗手。

「允貞。」藝愛在鏡子中看著她。

「是？」

藝愛很想說一句「對不起」，因為她知道允貞的影片被放上網的事是跟關支能有關，不過，她沒法說出口。

「妳是一個堅強的女生。」藝愛微笑說：「比任何的女生也堅強，包括我。」

允貞本來是愕然，然後她微笑說：「不，我一點也不堅強，都是多得入矢他們的鼓勵，我才可以再次站起來。」

「其實妳跟入矢也很合襯呢。」藝愛說。

「才不是。」允貞尷尬地繼續洗手：「妳跟他有同樣的能力，我覺得你們比較……比較合襯。」

「我已經有深愛的人了。」藝愛說：「或者，他不是一個什麼好人，不過他對我很好。」

「真的嗎？沒聽妳說過？」允貞驚訝。

「總之呢……」藝愛親切地微笑：「我可能會跟入矢一起工作，不過妳別要想太多，我們不會變成那種關係。」

「我才沒有在意啊！」允貞說：「我們回去吧！」

她的表情又可以騙到誰呢？根本最在意的就是她。

藝愛看著允貞的背影。

「對不起。」

部署

Chapter nine
Deploy 06

愛瑞招聘日。

除了幾位高級人事部同事以外，今天多了兩個「不速之客」，他們就是入矢與藝愛。

面試已經開始了。

「請你自我介紹。」人事部女同事說。

「我叫……叫鄧喜妍，畢業後想投身……飲食行業，我知道愛瑞……是是香港最大的食品集團，所以……所以想投身愛瑞集團。」年輕的她，明顯非常緊張，說話都斷斷續續：「希望……希望可以得到這次的機會。」

「我看你的資料……」男人事部同事看著她的CV：「你中五已經沒有上學，而且懂得的語言只有廣東話，英文只有略懂，如果我給你在高級餐廳的工作，妳可以勝任嗎？」

「我……我應該可以的！」鄧喜妍說：「我會好好學習！」

「學習？你是來找工作而不是來上學，妳知道嗎？」女同事說：「如果你外語不好，根本沒法在高級餐廳的工作。」

女同事有心刁難她，看看她的反應與回答。

「我……我……我……」沒有自信的鄧喜妍不懂回答：「我會好好學習的！」

人事部同事繼續發問，鄧喜妍依然是支吾以對，很快已經結束會面。

男同事輕輕地搖頭：「好吧，謝謝你來見工，如果我們錄取妳，一星期內會致電通知。」

「明白，謝謝你們。」鄧喜妍說。

鄧喜妍離開後，他們幾個人在討論。

「這個完全不行，只有外表年輕，其他完全不合格。」女同事說。

此時，入矢與藝愛對望了一眼，輕聲地說。

「幾多？」入矢問：「我是五十三分。」

「B+，不錯。」藝愛說。

入矢點點頭，然後跟人事部同事說：「這個我們要了，明天打給她看看可不可以盡快上班，我們會安排她到……」

入矢看了藝愛一眼，她在看著手上的資料。

「安際酒店的高級法國餐廳。」藝愛補充。

「什麼？但這個叫鄧喜妍的連對答都有問題……」人事部同事說。

「我們需要這樣的人。」入矢說：「放心，老外最喜歡就是這種青春少艾，到時她釣到金龜，做你們老闆娘也不定，哈哈！好了，快下一位！」

人事部同事完全不明白入矢的選擇要求，已經是第三個，他們覺得絕對不會雇用的人，入矢卻請了，而那些面試表現很好的，反而入矢他們又不錄用。

他們都以為入矢只是亂選一通，其實，他們根本不知道入矢與藝愛的「能力」。

入矢會選擇人渣指數低的，而藝愛看的就是運氣分數，他們的選擇，或者比十多年老經驗的人事部同事更準確。

「下一位，四十九歲男人，陳大榮。」男同事說。

「四十九歲也來見工嗎？他見的職位是……」女同事看著資料：「大廚？不，他刪除了，是見侍應。」

「好，叫他進來吧。」

入矢看看手上陳大榮的資料，陳大榮本來是湘江廚藝學院一級榮譽學生，在幾間大餐廳做過廚師，不過，因為自己的脾氣與性格不合問題，他沒法繼續做廚，這十多年來，只能淪為普通侍應。

「這個有趣，嘿嘿。」入矢說：「那有人這樣誠實地寫cv的？」

不久，一個不修邊幅，穿上短衫短褲的男人走了進來。

人事部同事都用藐視的眼光看著他，很明顯，陳大榮不用面試已經被「取消資格」。

「大家好，你們叫大榮可以了，哈哈！」他傻呼呼地笑著。

此時，藝愛在入矢耳邊說話，入矢也瞪大了眼睛。

他立即站了起來：「你不用面試了！」

「這是……什麼意思？」陳大榮不解。

「陳大榮先生，你已經被錄用，最快何時上班？」入矢高興地說。

不只陳大榮，就連人事部的同事也嚇了一驚，他們同樣用藐視的眼光看著入矢，完全不知道入矢是用什麼標準請人！

藝愛在旁暗暗地偷笑了。

入矢看到他的人渣成分指數是……二十九分！

而藝愛看到他的運氣變化分數是……A！

「如果我不請你，我也不知道要請誰了，哈哈！」入矢伸出手：「陳大廚，謝謝你加入我們的集團！」

另一邊廂，凱琳絲與多明跟全港幾十間小店開會。

「我們旗下所有食店都會幫助你們宣傳，當然，我們是互相合作的形式。」多明說。

「我不明白，為什麼你們這個大集團要這樣幫助我們？」一位小店的老闆說。

「對，怎說我們都是同行的競爭對手吧。」另一位甜品店的老闆在懷疑。

「不不不，我們的確是競爭對手，不過，同樣也是合作伙伴。」多明想起入矢教他說的說話：「沒有一個地方比香港可以吃到更多的不同菜色，香港就像是一個『世界廚房』一樣，什麼也可以吃到，我們合作只會把這個『大餅』更加擴大！」

其他人正在考慮多明的合作方案。

「這是我們公司的最大誠意。」凱琳絲叫同事把一份資料分發給小店老闆們。

「這是……」

「這一年，我們會加盟各大美食外送服務公司，如果你們加入我們成為合作夥伴，可以同樣加入外送服務，而且全年免運費優惠。」凱琳絲說：「外送的服務公司也不會收取你們額外的費用，由我們來支付。」

「還有，我們會加入Refer的報酬，只要你們的店成功引薦食客來到我們旗下的食店光顧，你們小店也可以得到額外的獎金。」多明說。

「我們會每半年作檢討，做得好的小店，甚至願意收購或是合併，這是我們伊總經理的未來想法，希望你們可以願意跟我們合作。」凱琳絲說。

「這樣不是被你們吞併？」

「不不不，你的想法是錯誤的，主理人還是你們，不過，我們可以幫助你把自己的『心血』擴大與發展。」凱琳絲補充：「我們是愛瑞食品集團四條主要食品線的其中一條，你們將來不會直接隸屬愛瑞食品集團，而是由伊經理新開創的合作新食品線。」

「簡單來說，就是你們小店的財政獨立，我們只是互相合作的形式。」多明說：「其實，我也是由一個小快餐店職員開始做起，我明白做飲食業的艱難，希望我們可以一起在香港繼續保留小店的文化，別要像文具店、舊式士多一樣，再不能存在。」

這是入矢的計劃，當然，得到伊隆麥的支持，保留小店文化對於伊隆麥來說，比賺錢更加重要。不過，就因為他這樣的心態，反而讓他沒法得到豐厚的營業額。

現在入矢就利用伊隆麥的「良心」，反過來，希望幫助有需要的小食店，從而獲得新的「營業額」。

「最後是租務減免。」凱琳絲說：「我們會幫助你們跟地產商商討減免租金，讓你們可以得到更好的收入。」

在商業的社會，誰不想賺錢？誰不想生活過得更好？

有錢人的世界，都是想「如何去剝奪窮人的利益，然後變成更有錢的人」，很少有錢人會想到，幫助窮人同時一起去賺更多的收入。

在商業社會，人是自私的，沒有人會願意「幫助」別人。

伊隆麥與入矢，正好想反過來對抗這種「自利」的社會模式。

多明站了起來，然後九十度向在場的人鞠躬。

「希望你們可以明白我們的想法！」多明說：「一起去為自己所堅持的信念努力！去建造一個屬於自己的小食店社區！」

部署

Chapter nine

Deploy 08

美輪快餐店。

入矢他們來到曾工作過的快餐店，燒味師父良哥與廚房東哥正接受訪問。

「我這樣可以嗎？哈哈！衣服都沾滿了油漬！」良哥笑說。

「對對對！」東哥說：「我們都是老粗，不是太懂說話！」

「完全沒問題！」一個在網上大受歡迎的女KOL說：「我們的Channel就是最真實的節目，你們真性情就更好！」

「這樣就好了！」東哥說。

「好了，訪問現在開始吧！」KOL的助手說。

「OK！」女KOL說：「金允貞是你們的同事吧？她在早前被網路斯凌，我想知道她是一個怎樣的女生？」

「去你的！網上的人根本就是胡說八道！允貞怎可能勾引那個七頭！」良哥大罵：「對不起，我太生氣爆粗了！」

「沒事，沒事！哈哈！這就是你的真性情！我們後期可以再加工，請你們繼續暢所欲言！」女KOL說：「我們收到可靠消息，聽說那個叫張戶七因為侵犯兒童現在正於獄中受刑，你們知道這件事嗎？」

「我記得那天有很多警察到來，然後七頭就被拉走了。」東哥說：「老實說，這個叫七佬的，平時經常佔女同事的便宜，簡直是過分！我們有位同事經常說他是人渣！」

「你的意思是……」女KOL引導他說：「網上的影片是張戶七非禮金允貞，而不是允貞勾引他？」

「當然！」東哥看著鏡頭說：「你們這班網上打靶的！我跟你們說，我幹你娘！允貞是好女仔，你們這樣網上欺凌她還是人來的嗎？正人渣！我讀書少，不過我也知道『道德』這兩個字怎寫！媽的！」

「對！在看的你們，如果有什麼不滿來找我跟東哥吧！媽的，無謂傷害一個年輕少女！」良哥舉起了中指。

「罵很好！我就是喜歡這兩位大哥！真的，網路上有太多hater存在，金允貞只是網絡上其中一個無辜的犧牲者，還有很多不同的女性都正受盡痛苦的欺凌，這是非常值得重視的事。」女KOL說。

她繼續訪問良哥與東哥，之後還訪問了快餐店的英姐與朱姐，全部人都幫允貞說好說話。當然，他們都是在說真心的說話。

他們不怕會被公司追求？

不，入矢已經一早跟他們說，伊隆麥會站在他們的一方，就算快餐店是關支能屬下的食店，如果他們最後真的被追究與解雇，伊隆麥會幫助他們，再次聘請他們。

「某個人」利用了允貞的影片對付入矢他們嗎？入矢反過來反利用這一點，來一個全面的反擊！

當然，入矢已經問過允貞，她也決定了用這個方法。

允貞決定了……勇敢地面對。

XXXXXXX

三天後。

愛瑞食品大樓頂層總經理室。

他們正在看著網上的訪問影片。

「允貞，謝謝你勇敢地站出來現身說法。」女KOL說：「聽說妳曾經因為此時而自殺，是這樣嗎？」

「對。」允貞溫柔地微笑：「最後我的好朋友救了我，他們鼓勵我重新站起來，所以，我也跟自己說要勇敢地面對！」

「真的很佩服妳的勇氣。」女KOL說：「未來妳有什麼計劃？」

「我會繼續跟朋友一起奮鬥，雖然我們已經離開了快餐店，不過，我會繼續在集團另一團隊中工作。」允貞咬咬唇：「我跟我的朋友，希望可以努力繼續前進！」

「很好！最後，妳有什麼想跟廣大的女性觀眾說呢？」女KOL問。

「我有一個很喜歡看漫畫的朋友，他曾跟我說過一句漫畫的台詞，是一本叫《不思議遊戲》的漫畫，我想跟大家分享。」允貞深深地吸了口氣。

「只要一天活著，難過的事總有一天會讓你笑著說出來。」

徐十候關上了螢光幕。

「幹！反被利用來做宣傳了！」徐十候生氣地說。

「嘿，最初我也覺得他們只是小貓幾隻，沒想到他這反擊計劃也不錯。」關支能高興地說。

「你還笑？媽的！我真的生氣！」徐十候說：「你知道伊隆麥那邊做了大改革嗎？」

「當然知道，別忘記那個入矢現在身邊的人有誰。」伊隆麥看著茶几上原封不動的漫畫書《詐欺遊戲》：「我也正思考著『下一步棋』的走法。」

徐十候喝下整杯威士忌：「支能，由我來對付他們吧！」

「你來？」

「對！」徐十候拿出一把隨身攜帶的小刀，用力地插在那本漫畫上：「我要他們的人生……變、成、災、難！」

關支能沒有回答他，只是給他一個自信的微笑。

入矢他們的危機，現在才……正式開始。

*《不思議遊戲》，渡瀨悠宇作品，小畑健作畫，一九九二年至一九九六年，全十八卷。

災難

Chapter ten

Disaster

災難 Chapter ten Disaster 01

深水埗通州街天橋底。

兩個露宿者正在聊天。

「美國精神疾病診斷準則手冊第五版（DSM-5）有一個定義，人類在十五歲之後，如果在七項要素的其中三項或以上，就是患有『反社會人格』。」一個衣衫襤褸大約五六十歲的男人說。

「七項要素是什麼？」另一個短小的男人問。

男人說出了七個要素。

一、無法遵守社會規範或法律

二、喜歡欺騙與操控別人

三、容易衝動，無法事先計劃

四、容易憤怒，具攻擊性

五、不在意自己或他人的安危

六、長期不負責任

七、傷害、虐待其他人或偷竊他人物品時，不會覺得悔恨與內疚

「怎樣就像說我一樣！哈哈！」

「矮仔，其實每個人多多少少都有這七點，因為這都是『人性』。」男人說：「不過還是由臨床醫生去診斷才可以確定。」

「大福，那些有反社會人格都是壞人？」矮仔問。

大福看著馬路上的行人。

「我來問你一個問題。」大福說：「歷史上，殺人最多的士兵將軍會不會有『報應』？」

矮仔不明白他的意思，在思考著。

「殺最多人的士兵、強姦敵軍不同的女人，不但沒有報應，而且會被說成最勇捍的勇士，你想想，在中西方的歷史中，最出名的將領都是殺最多敵人的，但別忘記，就算是『敵人』也有自己的親人，將令殺死很多的生命，讓很多人痛苦。不過，他們沒有什麼報應，而且還得到後世人歌頌。」

大福一口氣說出他的理論：「好了，現在我再來問你，那些勇士，是好人還是壞人？」

「殺很多人是壞人！」

大福苦笑。

「但你又要想想，如果這些勇士被敵人打敗，被強姦的就是自己的妻女、死的就是自己國家的人，請問，他們真的是壞人嗎？」大福再問。

「是好人！不……是壞人！不……」矮仔腦袋開始混亂。

「哈哈！」大福大笑：「所以你問我有反社會人格的人是好人還是壞人，也就像問我『歷史上的將令』是好人還是壞人一樣，其實，根本沒有真正的定義。」

「因為……每個人對好與壞的定義不同？」矮仔問。

「想不到你這個死矮仔也會思考。」大福摘去地上的草：「好人會為了家人做壞事、壞人會因為內疚做好事，請問誰來決定好與壞？」

大福指著天橋上方的橋部，不，他是想指著天空。

「大福，你真的博學多才！我真不明白你為什麼要做露宿者？」矮仔說。

「有煙嗎？」

「有！」

矮仔給他一支在垃圾筒拾回來的煙，大福點起，用力地吸了一口。

「你問我為什麼要做露宿者？因為我已經看破紅塵，已經把所有金錢、慾望置身事外。」大福說。

「哈哈！白痴，看破紅塵你不去出家做和尚？」另一個又高又瘦的露宿者走了過來：「矮仔，別要聽這個阿伯亂說吧，他也只不過是一個又懶又不想工作又沒錢的阿伯！」

大福看著他，皺起眉頭搖頭。

「怎樣了？看不順眼嗎？你這個又老又廢的阿伯！」

大福繼續搖頭，然後他在倒數：「七……六……五……四……三……」

就在他數到三之時，天橋對出發出了巨響，兩輛輕型貨車相撞！

破裂的擋風玻璃碎裂，一塊大玻璃像飛碟一樣飛向天橋底！

三秒後！

大玻璃插入了高露宿者的頸部，頸部至少一半被割開！血水瘋狂地向矮仔與大福臉上噴射！

矮仔完全來不及反應，呆了數秒才懂得大叫！

而大福呢？

他完全沒有半點的驚訝，只是淡淡然地抽最後一口煙。

「我都說，我已經看破紅塵。」他把煙圈吐到高露宿者的臉上：「如果你生得矮一點就沒事了，如果你不過來揶揄我，或者就不會這樣意外死去。」

這個叫大福的男人……

好像一早知道他會死去一樣！

大福回頭看著矮仔：「放心吧，你還有時間，至少六十年後才會死。」

他擁有一種「能力」。

他同樣可以看到「數字」。

就像入矢所說一樣……

「我覺得世界上總有人可以看到別人的『死亡時間』！」

而這個叫大福的阿伯……就是擁有這樣的能力！

一個月過去。

愛瑞五角大樓會議廳。

一個月一次的定期會議正在進行。

因為伊隆麥給入矢一個特別的「福利專員」職位，這次入矢不需要再闖入會議廳，他堂堂正正成為了會議的一員。

所有經理都坐到大橢圓形桌子，其他的秘書與對下的職員都在會議廳旁邊坐著，入矢也不例外。

「一個月過去，四位總經理的營業額排名，第一位還是關支能總經理，上升百分之五，然後是徐十候總經理，上升百分之三，張岸守總經理，上升百分之二，最後是伊隆麥總經理，上升百分之一。」總秘書長看著投射螢幕說：「最值得高興的是，伊總雖然還是營利最少，不過多月來的下跌有所改善，終於轉虧為盈。」

「很不錯，全部都有升幅。」鄧鐵平董事長說：「隆麥，聽說你們這個月在大改革？」

「對，我們的改革將可以讓營利持續上升。」伊隆麥說。

「但有個問題呢。」徐十候不爽地說：「你們跟其他小店合作，還自己開辦新的合作食品線，如果那些小店出現什麼食品問題，這樣會影響我們愛瑞集團的聲譽。」

「這……這只是我們新的營業方法。」伊隆麥不是太懂回答。

「還有，我聽人事部說，你們聘請的員工大部分也不跟人事部守則，好像在看運氣請人一樣，請問是有什麼原因？」關支能問。

「這……」伊隆麥回頭看著後排：「我就讓我們的福利專員回答你們的問題吧。」

入矢知道要替伊隆麥「解圍」，他走到會議桌前。

他先向鄧鐵平與眾人鞠躬。

「又是你嗎？」鄧鐵平托著頭看著他：「這次你不會又在大吵大鬧吧？」

「哈哈！董事長我不會不會！」入矢尷尬地笑說：「我是來回應兩位總經理的問題。」

「區區一個小職員，有什麼資格走出來說話？」徐十候說。

「徐總你錯了，現在營業額轉虧為盈，都是全靠入矢的努力。」伊隆麥勇敢地替入矢說話。

「也沒什麼職位之分。」鄧鐵平簡直的一句：「你說吧。」

「謝謝。」入矢微笑：「首先回答徐總的問題，你剛才說會影響愛瑞集團的聲譽就錯了，一直以來，愛瑞的聲譽良好，有很多富有的人都會選擇到愛瑞的高級食店用膳，不過，現在我們把業務拓展到基層，我們不但沒有影響聲譽，我們甚至吸納了更多的普通市民來到我們的食店光臨，這不是提升了聲譽？」

「那你們自己開辦新的合作食品線又怎解釋？」徐十侯問：「你們不會想在愛瑞另起爐灶吧？」

「徐總真搞笑，如果我用另一個名字賺到的錢，都放回你的口袋，我們也叫另起爐灶嗎？」入矢奸笑：「我們賺到的營業額不是屬於愛瑞食品集團的嗎？只是名義上，我們想加強『獨立性』去營運。」

「才上升百分之一已經這麼有自信，我真的不明白你的自信是從何而來？」徐十侯繼續嘲諷他。

「百分之一只是開始，我們不是有一場比賽嗎？我們非常有信心可以勝出。」入矢看著伊隆麥說：

「剛才徐總說什麼另起爐灶，我想了一件事，就是愛瑞有人的確在外賺錢，用愛瑞的名義叫人沽空上漲的股票，從而獲得利益。」

「什麼？怎麼會有這件事？」鄧鐵平看著財政部CEO。

徐十侯用一個憤怒的眼神看著入矢。

「不，這位入矢先生說的，都是員工在外買的股票，完全跟我們集團無關，而且只是小數的員工會這樣做，他們都是自願性去買入買出股票。」財政部 CEO 說。

「自願性？然後讓全家自殺也是『自願性』嗎？」入矢變得激動。

「鍾入矢。」關支能終於說話：「現在是會議時間，麻煩其他事之後再說。」

「呼……」入矢呼了一口大氣，他明白現在完全沒有證據，他不能在這裡大吵大鬧：「我明白，我現在回答你的問題，我們招聘的員工，大部分已經上班，而且非常適合新的工作環境。」

「是這樣嗎？」鄧鐵平向人事部的高層說。

「這個……」他看看數據：「鍾入矢先生招請的員工，暫時沒有任何一個辭職，的確，一向以來，入職不久而辭職的人大約有百分之二十至二十五左右，鍾入矢說的沒有錯，他們聘請的都沒有一個人辭職。」

「關總，你還有什麼問題嗎？」入矢問。

「沒有了。」關支能也給他一個笑容。

「我還是有問題。」

此時，一直都不多說話，第四個總經理四眼文靜的張岸守舉手發問。

入矢，看著他……瞳孔在放大。

從第一次來到會議廳，他已經看過在場的所有人的人渣成分指數，他一直也沒有跟其他說出，一件對他來說是「匪夷所思」的事，就像當初看到藝愛，沒法分數一樣匪夷所思。

所以入矢暫時不想去接觸這個「錯誤的分數」。

不想去接觸這個叫……張岸守的男人。

因為，在他的身上，入矢看到了一個接近三十年統計以來，從沒出現過，甚至不會「存在的數字」……

「一百零一」。

他的「人渣成分指數」中，最高只有一百分，何來一百零一分？是這個叫張岸守的人已經超越了一百分的人渣分數？還是入矢的能力出錯？而超過一百分的人，是從零開始計算？他只有一的分數？

一切也是未知之數。

「張岸守總經理，請說。」入矢回答了他。

「我想了解更多你們的營運策略。」張岸守認真地說：「我覺得你們能夠轉虧為盈，的確是有可取之處。」

「這個……」入矢對著一個擁有一百零一分的男人，卻真誠客氣地請教，有點不知所措：「請放心，我們非常願意把整套計劃公開。」

「這樣就好了，謝謝。」張岸守說。

這個叫張岸守的男人，他完全沒有對付入矢的想法，而且還好像蠻欣賞他。

「不！不要相信！擁有一百零一分的人……」入矢在內心跟自己說話：「絕不會這麼簡單的！」

會議繼續，入矢回去旁聽。

「做得好。」凱琳絲輕聲在他耳邊說。

「謝謝。」入矢的目光沒有離開過那個看似正直的張岸守。

「另外，陳大榮師傅已經答應了，他會加入湘菜館，成為大廚。」凱琳絲說。

「太好了！」

「他還說，不是入矢這個臭小子幾日幾夜纏著他，他才不會再當大廚。」

「這個榮叔真的是，我也幾日幾夜沒好好睡！」

凱琳絲看著入矢，最初她也不太相信這個人，不過，奇怪地，現在她反而覺得……「這個人真的有可能做到」！

就像多明最初認識入矢時的感覺一樣，現在入矢的魅力，已經散發到不同的人身上！

災難 Chapter ten Disaster 04

伊隆麥旗下的Dream咖啡店。

「我想要一杯 Macchiato，還有一個雞肉手卷。」客人說。

「沒問題，很快到！」女員工說。

這個月Dream Cafe營業額大增了百分之四十，都是因為入矢把幾個年輕的少女調入了分店之中，

而且，本來的長褲制服，改成了短裙。

而且本來是在櫃檯Order飲食與食物，也改為侍應下單，Cafe內穿上短裙的少女四處跑動，讓咖啡店充滿了生氣。

……

…

.

伊隆麥旗下沙田區老記懷舊冰室。

一對情侶正在單餐。

「我們冰室最正是腸蛋出前一丁！」一個中年阿姐說。

「這跟我在家吃有什麼分別？」客人問。

「哥哥仔，你有所不知，蛋是燶邊彈，腸仔也一直泡在濃湯之中，超好吃的！」大姐說。

「那就來一麵吧！」

「加多個老記鎮店之寶奶茶吧！保證你想喝完一杯又一杯！」大姐說：「我們老記的奶，對女士的皮膚特別好！妹妹仔，就來一杯少甜更適合妳！」

「好啊！那就要兩個麵加兩杯奶茶！」女生說。

入矢把一些年紀比較大的姐姐入加了懷舊冰室與平民食肆，讓食客完全沒有任何的拘束與壓力，而且入矢也把多年服務的廚房師傅加了百分之五的薪金，讓老記懷舊冰室的廚師得更加落力。

每個加百分之五薪金很多嗎？才沒有，因為「老記」已經比上個月營業額大增百分之六十！

……

…

．

伊隆麥旗下的Lovely甜品樓上店。

兩個女食客在等待食物。

「Braven Baby冬甩、Blessed班戟，還有Lovely比利時窩夫香蕉船，請慢用。」一位英俊大隻的男侍應說。

「食物的賣相很好看啊！」女食客說。

「香蕉船上的笑容圖案，跟你的笑容一樣親切！」另一個女食客跟男侍應說。

「謝謝。」男侍應微笑，露出雪白的牙齒。

「我們可以跟你自拍嗎？」她問。

「當然可以！」男侍應陽光的微笑再次出現。

入矢統計過，來到甜品店的食客八成都是女性，所以他安排了英俊的男侍應加入，而且也請來了不同的甜品師傅合作。入矢找來人渣分數大部分都比較偏低的師甜品傅，所以，他們都合作得來。

樓上Lovely甜品店的四間分店，總營業額大增百分之九十！

……

…

．

安際酒店的高級法國餐廳La Jacobine。

鄧喜妍在替外籍客人下單。

「Excuse me, can you speak slowly? I don't understand! Haha!」鄧喜妍可愛地笑說。

「Is ok!」外國人食客指著Menu讓她知道自己要點什麼菜式。

外籍食客有難為鄧喜妍嗎？完全沒有，因為在香港生活的外國人，總會有一點點高上的自傲，他們才不介意漂亮又可愛的少女跟他們笑著說「Excuse me」。

入矢說得完全沒有錯，無論任何國籍的男人，都喜歡「教導」年輕的女生，這才可以讓男人們覺得自己更有魅力。

當然，在La Jacobine中，不只鄧喜妍一個這樣親切可愛的女生，入矢已經安排了像她一樣的侍應，甚至是櫃檯職員。

La Jacobine在本月的總營業額大增百分之一百二十！

災難 Chapter ten Disaster 05

中環湘格里拉湘菜館。

廚房內。

「恭喜榮升陳大廚！」廚房的員工一起拍手。

「謝謝！」陳大榮雙手合十說：「都是大家畀面！」

「才不是！大榮你教了我們很多，我現在才知道什麼才是真正的『廚藝』！」另一個大廚恭敬地說。

「回想起來，還是多得入矢這個小子！」陳大榮說：「不是他，我以為一世都只會做侍應！」

「老陳你的廚藝根本是國寶級，做侍應？根本是浪費！」另一個廚房佬說。

「太誇獎了！大家太誇獎了！哈哈！」

廚房佬絕對沒有誇張，陳大榮的確是一位非常厲害的廚師。

陳大榮來入職後，入矢沒有把他安排做侍應，他第一句說話是問榮叔：「你最撚手的菜式是什麼？」

入矢知道陳大榮的背景後，沒有一秒覺得請他是來做侍應，陳大榮應該有一個更好的職位，就是……廚師。

榮叔最拿手的菜式是中國八大菜系之一，湖南菜，又稱湘菜。湘菜早在漢朝就已經形成「菜系」，以湘江流域、洞庭湖區和湘西山區三種地方風味為主要菜式。

水煮魚片、手撕包菜、清炒萵筍絲、湘辣蟹、鴛鴦魚頭王、紅煨甲魚、霸王肘子、永州血鴨、干鍋肥腸、干鍋魚泡魚籽等等，都是大榮叔撚手菜式。

入矢試過菜後，大讚，他第一件事不是要榮叔做湘菜館的大廚，而是安排另一個「更適合」他的職位。

他要榮叔教授其他廚師烹調真正湘菜的技巧，吃過他的菜，絕對會讚口不絕。當其他大廚知道他是「老師傅」，就會尊重他，榮叔再不需要被小看。

當大家都認同了榮叔，入矢才安排他做大廚，絕對沒有人會反對。

這個月，全港六間湘格里拉湘菜館，總營業額大增百分之二百！

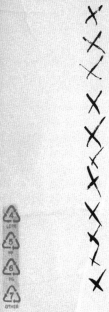

入矢的改革真的有這麼「神奇」？

不，他只不過是……

「讓適合的人，去適合的地方工作」。

世界上被「斯負」的一群，人渣指數低的一群就沒有好的前景？就永遠被「人渣」、「賤種」騎在上頭？

不，這些人只是欠缺了「兩個字」，而入矢就是給他們這「兩個字」的人。

這兩個字就是……

「機會」。

每個人都有屬於自己的長處，只是欠缺了「機會」，入矢讓他們得到「最適合自己的機會」。

✕✕✕✕✕✕✕✕✕✕

一個月後。

晚上，尖沙咀諾士佛臺。

入矢一面喝著酒，一面看著最新一期的《一拳超人》漫畫。

今晚入矢約了允貞吃飯，不過，因為從自允貞那訪問出現後大受歡迎，她已經成為了食品集團的代言人，現在是在拍廣告，入矢在等她下班。

「讓你等不好意思！完成了！今天導演很嚴格，所以遲了一點！」允貞走到入矢面前。

允貞已經從痛苦中走出來，回復了從前開朗的她。

「我會等妳，我不會走！」入矢表情認真地說出《一拳超人》主角埼玉對弟子傑諾斯的教誨：「如果連英雄都逃跑了，那還有誰來戰鬥？」

「什麼？」允貞不明白他說什麼。

此時，入矢才看到允貞的啤酒妹打扮，因為是集團酒吧的廣告，所以今晚她要打扮成啤酒妹。

「怎麼這樣看著人家？」允貞說：「我不換衣服了，直接去吃飯吧！」

「我喜歡！走吧！」

允貞纏著入矢的手臂，一起離開。

他們已經是情侶關係？不，還未到，只欠其中一個人開口說，不過，他們選擇了「現在」的關係，就如朋友與情人之間的「關係」。

4 LDPE
5 PP
6 PS
7 OTHER

他們離開諾士佛臺後，來到了後街一間吃雞粥的街邊檔。

「真的超好吃！」允貞說。

「哈！當然！我雞粥叔的雞粥是最好吃的！」老闆在旁叫著：「妳在附近賣啤酒嗎？怎麼平時不見妳的？」

「我是來拍廣告的！」

「哈哈！原來如此，男朋友來接妳下班吧？真幸福！」雞粥叔說。

他們二人對望了一眼，笑了。

他們繼續吃著雞粥。

「不行不行，太好吃了！找天來跟這個雞粥叔談談，叫他加入我們團隊！」入矢說：「以後就不用只在街邊賣雞粥，直接上舖！」

「你可以不談公事嗎？」允貞扁著嘴：「這段時間跟我談的都是有關公司的事。」

「沒辦法了，現在才是開始，不過，當一切上軌道後，就會有多一點自由時間。」入矢說。

「沒想到這大半年有這樣大的變化。」允貞說：「我真的希望，未來都會像現在一樣，一切都變好，我們的努力也不會白費。」

「妳不是也在說公事嗎？嘿。」入矢揶揄她：「聽著，沒有人會嘲笑一個全力以赴的人。」

「又是漫畫的對白？」允貞問。

「嗯，《家庭教師 HITMAN REBORN!》。」入矢說：「我們先全力以赴做好自己，無論最後結果如何，也不需要後悔。」

「其實你有沒有看過不好看的漫畫呢？」允貞問。

「當然有！有一半漫畫也不一定好看的！」入矢說：「不過，就是因為最初不知道好不好看，看下去才更有意義呢。」

「什麼意思？」

「就好像我們的人生一樣，我們沒法知道未來的故事發展是如何，這樣不就是更有趣嗎？」入矢說：「我不知道未來會否像現在一樣，我只知道，我不會後悔我所做過的事。」

「入矢。」允貞說。

「怎樣了？」

允貞沒有說話，只是用大大的眼睛看著他微笑。

「怎樣了？叫人名字又不說話？」入矢問。

一直以來，入矢也在教導允貞很多事情，無論是在快餐店教她要拒絕別人，還是她出事後一直的鼓勵，入矢都是她身邊「最重要的人」。

允貞，很喜歡這個大哥哥，很喜歡入矢。

「為什麼不說話？」

「今晚，來我家嗎？」允貞問。

入矢瞪大了眼睛，看著這個啤酒妹打扮的女生，不知怎樣回答。

「算了！最近我學懂了弄甜品，我還想親手做給你吃。」允貞生氣地說：「現在都被你無言拒絕了！」

「我來！」入矢立即說。

「真的嗎？」

「真的！快吃完就去！」

允貞莞爾。

或者，在她的心中，很想擁有一個像入矢一樣的「大男孩」。

一個像入矢一樣的……「孩子」。

……

…

．

第二天早上。

允貞的房間內。

入矢與允貞擁抱著一起睡。

允貞已經醒來，不過她沒有叫醒入矢，她一直看著睡得像小孩的他，然後輕輕吻在他的臉上。

此時，入矢的電話響起。

入矢朦朦朧朧地睡醒，他第一時間不是看電話，而是看著睡在身旁的允貞，吻在她的額角上。

「先聽聽電話。」入矢說。

允貞點頭。

來電的人是陳達萬。

「達萬？怎樣了？」入矢問。

「我終於找到了他們的把柄！」陳達萬說：「原來我手上有足夠的證據！」

「真的嗎？」入矢立即精神起來。

「今晚過來我公司，我再跟你詳細說明！」陳達萬說。

「好！就這樣決定！」

掛線後，允貞問入矢：「發生什麼事？」

「陳達萬說他已經查到了害死濤鴻一家，那些人的犯罪證據！」入矢說。

「真的？太好了！」

入矢用力擁抱著允貞。

他知道，這次一定可以為溫濤鴻找出真相！

*《一拳超人》，村田雄介作品，二零一二年至今。

*《家庭教師HITMAN REBORN!》，天野明作品，二零零四年至二零一二年，全四十二卷。

同日晚上。

恒生銀行大廈。

多輛消防車與警車停泊在行車路，交通非常擠塞，警號聲此起彼落，這個情景對於入矢來說，一點都不陌生，就像當天他去找濤鴻時的境況一樣。

在恒生銀行大廈頂層冒出大量濃煙，火勢一發不可收拾。

而冒出大量濃煙的樓層，就是陳達萬所屬的投資公司！

「先生，這裡很危險！你不能進去！」一位消防員說。

「我要進去！我朋友在裡面！他有些重要事情要告訴我！」入矢想衝過消防的防線。

可惜他沒法進去，更何況，他就算能夠進入大廈，也沒有什麼可以做到。

他走回馬路抬頭看著上方，沒有錯，就是陳達萬工作的投資公司發生火災！

為什麼會這樣？！

陳達萬早上才致電他，然後晚上他的公司就起火，這是巧合嗎？

入矢握緊拳頭，現在他的內心只是在想，什麼證據也不重要了！最重要是跟他有共同敵人的陳達萬，只有四十五分的陳達萬能夠……順利逃生。

……

⋮

．

晚上新聞報導。

晚上旺角恒生銀行大廈開平投資公司起火，引述消防高級隊目所說，是因為飲水機漏電產生火花而起火，公司單位內有大量易燃的紙張與物品讓火勢一發不可收拾。火災中有一名公司職員死亡，死者姓陳，四十六歲，消防發現他的屍體反鎖在公司的房間內，懷疑是睡著沒法即時逃生，引致吸入大量濃煙致死亡。有關方面正著手調查，開平投資公司的消防設備是否合格……

……

…

．

凌晨時分。

入矢、允貞、多明、賢仔，還有藝愛，一起來到伊隆麥旗下的一間會所餐廳。

「入矢，節哀順變。」賢仔說。

「我知道。」入矢努力地擠出一個微笑。

「陳達萬在電話中還有說什麼嗎？」多明問。

入矢搖頭：「沒有了，不過不是太巧合了嗎？為什麼正好找到重要的線索卻在同一日發生火警？

達萬這樣就死去了……」

「警方說火災是意外。」允貞拍拍入矢的手背：「或者……」

「或者是有人製造這場意外？」入矢不相信是意外。

「如果真的是某個人所為……」多明托托眼鏡：「入矢，我們會不會同樣有危險？」

「我就是約你們來這麼想跟你們說。」入矢站了起來：「之後有關調查濤鴻的事，請你們不要參與，我怕你們出事。」

「但我才不怕！」賢仔說：「我一定會站在入矢的一方！」

「我不想再有人被我連累！你們明白嗎？」入矢高聲地說。

他很憤怒。

一直以後，入矢都覺得自己是所有事情的罪魁禍首，無論是允貞被放上網的影片，還是死去的陳達萬，都是因為自己而造成。

他一直在怪責自己。

「我去一去洗手間。」入矢說。

全場靜了，大概，他們明白入矢的心情。

「藝愛，妳不舒服嗎？」允貞看著一直沒有說話的她。

「沒……沒有。」藝愛微笑說：「只是有點傷感。」

藝愛看著入矢的背影，她知道再這樣下去，必定會有不幸的事發生。

她在害怕。

伊隆麥團隊改革的第二個月，高層再次於會議廳召開會議。

伊隆麥旗下的食店的營業額大增百分之二十，成為了這個月最高收入的總經理。不過，這天入矢沒有在會議廳，他有事要忙。

「伊總經理，你把百分之十的純利分給員工，這個是個很嚴重的問題。」CEO鄧貴佳說：「本來你們可以大增百分之三十的，現在只餘下百分之二十，你可以解釋一下嗎？」

全會議廳的人都看著他，伊隆麥感到非常大壓力，入矢又不在，他要自己面對。

「因為……提升了員工士氣，才可以獲得百分之二十的營利增長。」伊隆麥說。

「還有，聽說有部分資深的員工都無緣無故加薪百分之五以上，為什麼要這樣做？」關支能說：「你如何管理員工的薪酬是你的事，不過，你這樣會影響其他同事的士氣，他們知道你無故加薪與有佣金分成，這樣大家都會覺得不公平。」

「就是了。」徐十候撩撩耳仔說：「現在你的團隊影響了其他三個團隊的士氣，你怎可以這樣做生意？」

很明顯，鄧貴佳、徐十候、關支能三人都是一夥的，他們一起夾攻伊隆麥。

他們不斷攻擊伊隆麥，他根本不知道要怎樣反駁，明明本月最高的營業額是自己，卻被說到一文不值似的。

鄧鐵平沒有說話，一直看著伊隆麥。

「早叫你別要相信那個叫入屎的人吧。」徐十候奸笑：「好聽不聽，聽隻狗在咬。」

「啪！」伊隆麥用力拍打桌面。

一向不會發脾氣的他，終於忍受不住，因為伊隆麥一直當入矢是自己的朋友，而不是自己養的狗！

「我……我們會把你們因為士氣下降而損失的營業額，一併賺回來！」伊隆麥勇敢地說。

「好，就看看你的能耐吧。別忘記，你跟我們的遊戲，還是比我們做多百分之五十的營業額，輸了的人要離開愛瑞！」徐十候看著鄧鐵平：「董事長，當時你也聽到吧。」

鄧鐵平沒有說話，板著臉點頭。

在後方的凱琳絲沒有像入矢一樣，有膽走上前支持伊隆麥，她只能在後方希望這個會議快點結束。

凱琳絲心中想：「入矢，你快回來吧！」

XXXXXXXXXX

恒生銀行大廈。

開平投資公司因發生火災已經被圍封，不過透過伊隆麥的關係，入矢和多明可以進入開平投資公司。

「師兄，已經燒到什麼也不剩，你要找什麼就快吧。」一位站崗的警員說。

「明白，明白！」多明說：「我們很快，只是看看有沒有留下重要的文件！」

他們兩人一起走入了投資公司。

「很臭！」多明掩著鼻子。

「都叫你別要跟來。」入矢說。

「你當我是什麼？你說什麼『我不想再有人被我連累』，你是白痴嗎？我們一起經歷了這麼多事，你說連累我們？」多明拍拍入矢：「是你給我勇氣的！總之，我們幾個人也不會覺得你是在連累我們，知道嗎？」

「嘿，知道了。」入矢點頭：「那天我發脾氣，找天再請吃飯吧。」

「當然要！」

他們來到了陳達萬的房間，別要說文件，就連一張完整紙也沒有，已經全部被燒光。

入矢打探過陳達萬死因是吸入濃煙，然後他斷氣後才被火燒，也慶幸他不用太痛苦地離開。

「看來不會發現什麼東西，全都被燒光了。」多明說。

入矢沒有理會他，他在地上找尋東西。

「你在找什麼？」多明問。

「室內電話！當天早上，陳達萬是用公司的電話打給我的。」入矢說。

「室內電話？」多明遠遠地看在地上：「是不是那個？」

入矢立即走到他指的地方，拿起一個已經被燒到溶溶爛爛的電話。

「為什麼要找室內電話？」多明問。

然後，入矢把整個電話打爛，他終於找到了想找的東西，他給多明看。

「這是什麼東西？」

「偷聽器！」

災難 Chapter ten Disaster 09

深水埗鴨寮街。

入矢與多明來到了一間相熟的電子器材小店，之前入矢放在七佬辦公室的針孔攝錄機都是在這裡買到。

「這種偷聽器很貴，防火防水，而且是歐洲入口，偷聽通話特別清晰。」老闆達叔一邊眼睛戴上了放大鏡：「你是哪裡得來？」

「火災現場。」

這個達叔人渣成分拍數是五十二分，入矢相信他，所以說出他得到偷聽器的事。

「上次你要用攝錄機嫁禍變態佬。」達叔看著他：「這次又說是一宗火災做成的謀殺案，入矢老弟，你是不是什麼偵探來的？」

「什麼也好，總之你要幫我！」入矢認真地說：「我想知道這偷聽器會不會留有記錄？比如偷聽的內容會傳去哪裡？可以調查到嗎？」

「你叫我反過來偷偷調查別人偷聽器的傳送地點？哈哈，你是不是太搞笑？」達叔說。

「我是認真的！」入矢說：「死去的人是我朋友，所以我想知道誰是幕後的兇手！」

老闆達叔皺起眉頭看著他：「好吧，我就試試，不過別抱太大的期望。」

「明白！達叔謝謝你！」入矢說。

「老實說，如果那場火災是跟這個偷聽器有關，你也要小心。」達叔叮嚀他：「現在是死人了，不是這麼簡單。」

「我知道，不過就因為如此，我更加要追查下去！」入矢堅定地說。

「嘿，跟你死鬼老竇一樣性格。」達叔苦笑。

入矢突然變得面有難色。

「我都說過別要再提起他！」入矢變得激動。

「知道了！知道了！好吧，別阻住我工作，快走吧。」達叔說。

「有消息立即通知我！」入矢說。

達叔沒有回答他，只是給他「快走」的手勢。

入矢與多明離開電子器材小店，在街上走著。

「其實達叔也說得對，入矢，你現在可能會有危險。」多明說。

「不，你錯了。」入矢說：「幕後黑手不會讓我這麼容易死去，『賤種』的性格，就是要把敵人折磨至死，『他』一定要把我完全打敗後才會對我出手，所以我暫時還是安全的。」

「話雖如此，不過……」多明說。

「你們也不怕繼續幫助我，我為什麼需要害怕？」入矢微笑說：「我一定要追查到底！」

多明沒法反駁，他了解入矢的性格，除非是他自己改變主意，不然沒有人可以阻止他。

此時，路邊有一個大嬸在大叫。

她正在街邊檔跟一個衣衫襤褸的男人在看相，一張小桌子上放著一個牌，牌上寫著——

「露宿神算！不准不收費！」

「你這個神棍！你都痴線！咒我三星期後就會死？」大嬸在大罵。

「忠言逆耳，妳就好好做定身後事吧。」男人說。

「你就買定棺材！」大嬸說。

「好吧，看相完畢，奉為五十大元。」男人說。

「痴線！咒我死！我才不會給你錢！」

大嬸說完就轉身離開。

「喂！大嬸！大嬸！」男人叫也叫不停她：「唉，今天又白做了，果然，我還是不懂做生意，回去天橋底睡覺好過了。」

此時，入矢走到男人的對面坐了下來。

他們兩個男人對望，入矢露出驚訝的表情，因為他再次見「八隻腳的怪物」！

入矢再次見到沒、有、分、數、的、人！

「為什麼……」入矢瞪大眼睛，正想問他。

這個男人，就是在深水埗通州街天橋底生活的大福！

「等等。」大福阻止了他說話，伸出了手：「看相奉為五十大元！」

他跟入矢一樣，同樣是「能力者」，他也看不到入矢的「壽命」，不過他卻一點也不覺得奇怪。

「為什麼你不覺得奇怪？」入矢問。

「唉，今日又沒有生意了。」大福嘆氣：「想知道嗎？有沒有煙？先給我一支煙！」

他微笑。

深水埗伊隆麥旗下其中一間漢堡包店。

多明到經理室了解漢堡包店的運作，而入矢與大福在食堂聊天。

大福在瘋狂咀嚼巨型的漢堡包。

「超好吃！我三年沒吃過漢堡包了！」他一面吃一面說：「這是你的店嗎？我見員工都很喜歡你。」

「不，不是我的店，我只是其中一位員工。」入矢回到正題：「你還未說，你有什麼能力？為什麼見到我不覺驚訝？」

「驚訝？」大福停了下來：「為什麼要驚訝？我已經見過至少二三十個像你一樣的人，他們都沒有顯示壽命。」

「至少二三十個？壽命？」入矢覺得不可思議：「你可以跟我說清楚嗎？」

「有『能力』的人比你想像中多，多很多，你以為沒幾個嗎？錯了，只是因為你沒有遇上他們而已。」大福說：「就好像你的中學同學一樣，畢業之後，有一些人你經常見到，有一些人你一世都不會再見。」

大福的「能力」就是可以看到別人的壽命，過去五十多年的時間，遇上過很多個「能力者」，有的是可以看到別人的體重、有的可以看到別人的年齡、有的可以看到別人的身家財產數目。

「你是看到別人的『人渣』分數？我記得，我年輕時也遇上過一個看到別人『善良』數字的女生。」大福說。

「現在她在哪裡？」入矢心急地問。

「如果沒記錯，最後一次見面後，她入了精神病院。」大福說：「好像三年前死了。」

聽到大福的說話後，入矢有點傷感，因為怎說也是跟自己一樣有能力的人，但下場卻比自己更慘。

「不是每個人都可以接受到自己的『與眾不同』，也不是每個人都像你一樣去研究數字的意思，有的被人會被當成鬼話連篇、有的被說成有精神病，他們在這個他媽的社會中，根本沒法生存。」大福說：「除非……」

「除非把自己看到的數字『隱藏』。」入矢明白他的意思：「不說出來，就不會被人當成痴線的人。」

「你明白就好。」大福說：「這個白痴社會，每個人都在虛偽地說什麼大愛，根本都是廢話！別人國家內戰、打仗，甚至市民被殺，其他國家的人怎樣做？大家就走出來譴責譴責譴責，然後呢？然後不又是去吃喝玩樂，去過自己的生活，，根本就只會用嘴巴說說好話。」

大福的想法跟入矢有點相似，也許，他們各自的「能力」，讓他們看到更多的「人性」。

「大福，你這麼多年來，經歷過什麼？」入矢很想知道。

大福指著落地玻璃外的路人：「他還有一萬零九十五天就會死亡，旁邊這個還有二千九百二十天，那個是一千零九十五天，還有那個牽著媽媽手的小孩，只餘下二百三十二天就會死去。我試過看著某個有為的青年在三日後死亡，又看過那個只有幾十秒壽命的人，就在我面前死去，每天我都看著別人死亡的時間，你覺得我會有什麼感受？」

入矢沒有說話，等待他回答自己。

「我已經看化了，無論任何人也逃不過死亡，什麼『努力你的人生！』根本就是多餘的，總有一天我們都會死。」大福說：「哈，放心吧，我看過你那個四眼朋友，他還有四十年命，不過你呢？我就看不到了。」

「你有這樣的能力，為什麼不去做些更有意義的事？」入矢問。

「什麼才是『有意義』？你也看到剛才那個大嬸吧，我告訴她即將死亡，最後她也不是把我罵到狗血淋頭？」大福說：「入矢老弟，我已經不年輕了，也沒你這麼有大志，而且我也不想再在這個虛偽的社會中為了過好的生活拼命，現在做露宿者不知多優悠自在呢。」

「不，我的意思是，幫助那些想死的人，跟他們說還有很久才會死去，鼓勵他們好好活下去。」入矢認真地說：「又或是，一些被病魔折磨的人，跟他們說很快就可以解脫了等等，不是可以這樣嗎？」

大福看著入矢，他這麼多年來也沒想過要做入矢所說的事情，因為，他一直以來，腦海中都是負面的想法，他被社會的虛偽、醜陋等等……

同化了。

「哈哈！入矢，你這個人真的很有趣！」大福說。

「這只是我的想法而已。」入矢問：「對，我還想知道你看到別人的壽命時間會不會改變？會不會……『出錯』？」

「我看到的壽命是不會改變的。」大福說：「這麼多年來，從來也沒改變過。」

「即是說，一個人的人生，甚麼時候死亡是從一出生已經定好？」入矢托著腮說：「人的一生真的是『命定論』嗎？」

「我想不相信是『命定論』，我也不能不相信了。」大福說：「至於出錯，也沒有試過，我看過的壽命時間，都會在倒數到最後一秒死亡。當然，我不是每個人都可以看著他們死亡，所以我只能說在我看過的死亡倒數中，沒有出錯過。」

然後，入矢詳細地告訴大福他的「能力」，而且跟他說看到一個一百零一分的人。

「等等，入矢你的想法是不是有錯？」大福說。

「我錯？錯在哪裡？」

「一百分是滿分，只是由你自己去定義的。」大福說：「但誰又會知道，滿分一定是一百分，而不是二百分、三百分？」

一言驚醒夢中人！

一直以來，入矢都依照著自己的評分去「定義」，他沒有想過，其實一百分為滿分都只是他自己的想法！

「的確有這個可能！」入矢高興地說。

「就好像時間一樣，是誰說是一天二十四小時的？蘇美爾人發明基數『六十』，分與秒就由此誕生，然後埃及人將一年分成十二個月、三百六十五日、廿四小時，所有時間都是由『人』來定義的，然後再由其他人跟從，就變成了現在我們的『時間』。」

「大福，老實說，你也蠻博學多才的，你未做露宿者之前是做什麼的？」入矢問。

「我嗎？」大福搖頭苦笑：「我在日本東京大學主修植物學，副修社會哲學，之後在日本有關植物科方面的技公司工作過。」

「你是日本東大畢業？真的是……人不可以貌相！」入矢拍手。

「哈哈！不過已經是很多年前的事了！我都說，已經放棄跟從這個社會的規則，我現在活得更自在。」大福說。

「不，不對。」入矢又在打什麼鬼主意：「大福老兄，你可以幫助我嗎？」

「幫助你？怎麼幫助你？」

「加入我們公司！」

「什麼？哈哈！你好像比我更像瘋子！」大福大笑：「別忘記，我只是一個露宿者！」

入矢搖頭：「不，不對，你不只是一個露宿者，你簡直就是一個『救世主』，你可以幫助更多有需要的人！而且可以幫助我！」

大福完全想不到入矢在打什麼鬼主意。

「大福老兄！」

入矢站了起來，然後跟他來了一個九十度的鞠躬，其他的食客也看著他。

「雖然我只是第一次見面，而且我也看不到你的人渣指數，不過，我相信你不會是一個人渣！」入矢認真地說：「希望你可以幫助我，利用你的能力幫助更多有需要的人！」

「入矢老弟，你先等等……」大福有點措手不及：「我都說過了，我已經不再吃人間煙火，就算你

給我更多薪金我也不會吸引到我。」

「那我就給你很多很多……」入矢抬起頭微笑：「漢堡包！」

大福呆了一樣看著他。

入矢的面容扭曲，流露出了犬齒自信地說。

「這個社會的確是充滿虛偽，而且充斥著無數的人渣與賤種！不過，我還是見到很多有良知、有善心的好人！」入矢說：「我正在集合這一群好人，去顛覆整個集團，甚至是整個世界！希望你可以幫助我，一起打敗那一班……偽善的仆街！」

大福看著他……笑了。

Chapter eleven
Rupture

決裂

決裂

Chapter eleven

Rupture 01

一所位於西半山的舊式雙層獨立住宅。

關支能與孔藝愛正坐在沙發上聊天。

「可以跟我說嗎？那個陳達萬的死，是不是跟你們有關？」藝愛問。

「又是妳說來我家不談公事？」關支能吻在藝愛雪白的頸部。

「不，這不是公事！」藝愛躲開了他：「這關乎一個人的生命！」

關支能沒想到她會這麼大反應。

「這件事完全跟我無關！」關支能打開了雙臂說：「妳也知道我不會做出這種事吧。」

「是不是……徐十候？！」藝愛問：「他是不是被揭發什麼，所以殺人滅口？」

「妳知道我只是在工作才會跟他熟絡，其他時間我根本不會聯絡他，我們在外連朋友也不是，我也不知道是不是他所為。」關支能解釋：「好吧，我會調查一下，我也覺得最近十候好像在隱瞞著什麼。」

「你真的會調查他？」

「當然，如果他做了什麼不法的事，我一定會告發他。」關支能說。

孔藝愛看著真誠表情的關支能，看著自己所愛的男人。

關支能把她的髮尾撥到耳背：「記得，我不是為了那個鍾入矢，而是為了妳。」

「你有這樣討厭他嗎？」藝愛問。

「我討厭他？嘿，他只不過是幾隻小貓咪，何來讓我討厭？」關支能說：「只不過他自以為是的做事方式，我完全不能接受。」

這不就是「討厭」嗎？不過，關支能絕對不會承認。

「我要妳繼續幫我。」關支能吻在她的耳朵：「我一定要他們知道自己是多麼的無知。」

「我已經每天都跟你報告他們的事，你還要我做什麼？」藝愛問。

「他們幾個感情好像很好呢？不過，我才不相信這些『友情』。」關支能把藝愛的臉移到自己的視線：「我要他們……徹底地決裂。」

藝愛不明白關支能想他做什麼事，不過，她有不詳的感覺。

「用我最漂亮的女人，把他們的醜陋完全抽出來。」關支能微笑。

藝愛沒有回答他。

一直以來，藝愛都沒有跟關支能說過入矢同樣有看人的「能力」，她心中有一份內疚的感覺。

她覺得自己沒有對深愛的男人說出全部的真相。

「怎樣了？」關支能說：「如果妳不想幫我也沒問題的，我不是在強迫妳，妳是知道的，對吧？」

藝愛點頭。

「乖女孩。」關支能用力地擁抱著她：「我不會讓妳受苦的，總有一天，我上到更高的位置，妳就是我背後最重要的女人。」

「你答應我一件事。」藝愛說。

「妳說吧。」

「最多只可以把他們趕走，不要再傷害任何一個人，可以嗎？」藝愛問。

「當然。」關支能說：「我只是為我們的未來而一起前進。」

「好吧。」藝愛說：「我相信你。」

對於一個女人，最重要的是什麼？當然是未來的生活。跟這樣成功的男人一起，藝愛已經決定永遠留在他的身邊。

愛的力量，是世界上最大的力量。

……

…

．

不久，藝愛去了洗澡，關支能走到家中的地牢。

只有舊式的獨立住宅，才會有這樣陰森的地牢。

他打出一個電話，電話傳來了吵鬧的聲音。

「支能嗎？要不要來？今晚很多年輕的新女！」

「不，今晚不來了。」關支能說：「她已經開始懷疑。」

「啊？你等等。」

電話中的男人走到了一處比較寧靜的地方：「她知道什麼？」

「什麼也不知道，只是開始懷疑。」

「放心吧，根本不會有人會知道，那班人手腳很乾淨的。」

「總之，別要有什麼出錯，你知道的？」關支能說。

「當然，你放心好了，哈哈！」

「明天再跟你談，再見。」

「OKOK！再見！」

在電話的另一方，他是……徐十俟。

決裂
Chapter eleven
Rupture 02

兩星期後。

「入矢！」

「這麼晚了找我有事？」

「我……我……被下藥了……」

「什麼？」

「我現在在酒店房間！我不知道……不知道怎樣好……」

「等等。」入矢從睡夢中驚醒：「慢慢告訴我，發生什麼事？」

「我被帶到酒店房，衣服全都被脫下！」

「什麼？妳今天不是……」

「對，今天我跟他談公司的事，然後我頭很暈，我明明只是喝了一點酒，但……」她說：「然後他帶我到酒店房，我什麼也不記得，醒過來後他已經不在，我立即打給你！」

「怎可能……」入矢認真地說：「你給我房號，我立即來找妳！」

然後，她說出房號後掛線，入矢下一個動作，就是打給那個人，可惜沒有聽電話！

「賢仔！你搞什麼鬼？！」入矢心急地說。

那個致電給入矢的人是……藝愛。

……

…

．

入矢趕到了酒店房。

藝愛告訴他發生的事。

今晚，賢仔與藝愛商談新餐廳制服的事，相約在酒店餐廳見面，然後賢仔把她帶上了酒店房，藝愛已經忘記了發生了什麼，她只知道醒過來後，自己沒有穿上衣服，而賢仔已經不在。

入矢心中想，賢仔不可能做這樣的事，不過，藝愛也不可能跟自己說謊，他根本不知道要相信誰。

「你們有沒有……」入矢問。

「我不知道。」藝愛尷尬地說：「我完全沒有感覺……」

「媽的！賢仔他搞什麼鬼！」入矢非常生氣：「我找不到他！電話又不接！」

他想起了賢仔一直也很想要女朋友，可惜他卻沒法結識到女生，現在卻對藝愛做出這樣的事！

「報警吧！」入矢認真地說。

「不。」藝愛眼泛淚光：「先找到他再問清楚，我不相信他會這樣對我。」

連藝愛也這樣說，入矢覺得她真的是一個很好的女生。

「但……」入矢看著可憐的藝愛：「對不起。」

「不是你的錯。」藝愛說：「從來也不是。」

藝愛擁抱著入矢，入矢帶點害羞，也抱著她。

「我一定會找到賢仔問過清楚！」入矢生氣地說。

……

…

．

第二天早上。

多明、允貞，還有入矢約在從前工作的快餐店見面。

經理房內只有他們三人。

「不可能的！賢仔不會做出這樣的事！」允貞說：「你們忘了嗎？他從來也不喝醉！」

「對，入矢你不是說賢仔只有三十八分嗎？他怎可能會這樣對藝愛？」多明說。

「那你們說藝愛是在說謊嗎？」入矢說：「她為什麼要這樣做？而且到現在還找不到賢仔！這個死仔去了哪裡？」

「如果要選擇，我相信賢仔不會這樣做！」允貞說：「因為藝愛跟你有同樣的能力，你一直也非常相信她，但別忘記，她從前是楊偉超的秘書！」

「妳說什麼？」入矢說：「藝愛不是一直也幫助我們嗎？她現在才是受害者，妳怎能這樣說她？」

「你為什麼總是偏幫著她？」允貞生氣地說：「她跟你又不是什麼關係！」

「我哪有偏幫她？現在是賢仔的問題！才不是藝愛！妳別要發小姐脾氣好嗎？」入矢說：「我知道，我有時跟藝愛私下討論分數的問題，妳是在妒忌嗎？才會覺得我是幫著她？」

「我為什麼要妒忌她！入矢，是妳被她的外表欺騙了！」允貞更生氣。

入矢的確是一個很厲害的人，可惜，對於愛情，他還是不太擅長。

「你們先別吵！」多明隔在他們之間：「我們已經WhatsApp賢仔，等他回來後再問過清楚不是更好嗎？現在吵也是無補於事！」

就在此時，經理房門打開……

賢仔出現在他們的面前！

入矢立即走上前。

「你這個死仔！發生了什麼事？！」

「我……我也不知道……」賢仔低下了頭。

「什麼不知道？！你下了迷藥嗎？你想要女想到瘋了嗎？」入矢非常生氣。

「我……我沒有！」賢仔說：「我跟藝愛喝了點醉後，都覺得頭暈，然後酒店餐廳的經理就給我們一間酒店房休息！就這樣而已！」

「但藝愛醒來時沒有穿衣服！你怎樣解釋？你又去了哪裡？！」入矢抽起他的衣領。

「我醒後發現我們睡在同一張床上！我什麼也沒做過！我很害怕，所以走了！」賢仔驚慌地說。

「你什麼也沒做過？你想騙誰？！」入矢更加憤怒。

在他眼前的賢仔，人渣指數依然是三十八分，但入矢還是不太相信他的說話！

「我沒有騙你！我真的什麼也不知道！我連有沒有過碰過藝愛也不知道！」賢仔說。

「媽的！」

入矢一拳打在賢仔的臉上！

「入矢！」允貞大叫，然後走到賢仔身邊：「為什麼出手打人？！我們四個不是一直都相信大家嗎？你是被藝愛瞞騙！她想拆散我們的關係！」

「妳……妳說什麼？」入矢搖頭：「藝愛不是這樣的人！」

「你怎知道？你又看不到她的分數！你怎知道她是一個什麼人？！」允貞眼眶滲出淚水。

「我不需要看她的分數！我知道她不會騙我們！」入矢說：「我相信她！」

「那你不相信賢仔了嗎？」允貞說：「他不會做這樣的事！你是知道的，不是嗎？」

入矢的腦袋一片空白。

他沒有再跟允貞爭拗下去，入矢離開了經理房。

在門前他碰到快餐店的經理。

「有……有什麼可以幫到你們？」店經理驚慌地說。

入矢用一個兇狠的眼神看了他一眼，然後轉身離開。

「允貞、多明……我什麼也沒有做！我真的不知道發生什麼事！」賢仔的眼淚流下。

「賢仔，我相信你！」允貞說：「是入矢有問題！」

「唉……為什麼會變成這樣？」多明說：「我追上去看看入矢！」

四個本來好好關係的朋友，就因為藝愛而改變。

沒錯，這就是關支能的「其中一部分」計劃。

為什麼是其中一部分？

因為，他們就像在下棋一樣，已經想好了……

「之後的幾步棋」。

停留二手漫畫店。

這裡是入矢的「避難所」，當心情不好時，他就會走回這個被漫畫包圍的避難所。

「入矢，不如……你回來漫畫店吧。」高美子看著悶悶不樂的入矢：「這裡才是真正屬於你的地方。」

「人，只有在放棄戰鬥的時候才算輸，只要堅持戰鬥，就還沒輸。」入矢說出一句漫畫台語。

「《進擊的巨人》。」高美子說。

「我不會放棄的，因為我還沒有輸。」入矢躺在後方一堆漫畫之上。

「不是贏輸的問題，而是你不開心呢，而且我聽你說，好像有什麼危險似的。」高美子在擔心他：

「濤鴻已經不在了，我不想你也有什麼不測！」

「放心吧，我不把害死濤鴻一家的人抽出來，我才不會死！」入矢說：「我有仇必報……」

「我要你比死更難受吧！」高美子接著說；「我知道，不過我們的人生不是漫畫，我們，不能像

《Re：從零開始的異世界生活》一樣，可以不斷從來！」

「每個人都一定會死，但不代表每個人在生命中都活得有意義。」

「這是……什麼漫畫的台詞？」高美子問。

「《入矢的故事》、《進擊的的入矢》，還有《鋼之入矢術師》，什麼也好。」入矢苦笑：「總之，我才不會這樣死去。」

*《進擊的巨人》，諫山創作品，二零零九年至二零二一年，全三十四卷。

*《Re：從零開始的異世界生活》，長月達平原作、大塚真一郎（人物原案）、マツセダイチ、楓月誠、野崎つばた、花鶏ハルノ作畫，二零一四年至今。

決裂
Chapter eleven
Rupture 04

尖沙咀海旁的咖啡店。

「伊總經理，你的Espresso。」女店員把咖啡放下。

「下次叫我伊生可以了。」伊隆麥微笑說。

「是！是的！伊生！」女店員可愛地莞爾。

店員離開後，伊隆麥跟凱琳絲說：「入矢真懂請人，這位女店員害羞的微笑，看著也心情愉快。」

「所以他才可以幫你把營業額大幅拉升。」凱琳絲喝了一口咖啡。

「最近他們怎樣了？」伊隆麥說：「聽說他們幾個人出了點事。」

「我問過允貞，她沒有多說什麼，我只知道賢仔請了幾天假，新制服的訂單都要交給其他同事跟手。」凱琳絲說。

「發生了什麼事呢？」伊隆麥說：「找天請入矢吃飯再問過清楚。」

「隆麥，其實我有一件事想問你。」凱琳絲說：「我覺得入矢不會一直留下來，如果有天他離開了，你怎辦？」

「哈，妳好像說到我沒有他就不行。」

「這是事實吧。」

「好吧好吧，我知道我不是做總經理的料子。」伊隆麥苦笑：「也沒什麼呢，他有自己的人生目標，我不會強迫他，更何況他已經幫我很多了。」

「不過，我就是怕他會有危險就是了。」凱琳絲說。

「有危險？有什麼危險？」

「你不知道嗎？」

凱琳絲把火災的事告訴他，伊隆麥現在才知道。

「這麼大的事妳現在才告訴我？！」伊隆麥非常緊張。

「因為是入矢的私事，所以沒有告訴你。」凱琳絲說。

「不行，不行！要找人好好保護他們幾個人！」伊隆麥說：「琳絲幫我聯絡相熟的保鏢公司，請幾個保鏢暗地裡保護他們！」

「好的，我會安排，另外有一件事。」凱琳絲說：「其實入矢調查他朋友自殺的事，都跟愛瑞集團有關，而有關高額的股票投資項目，都是跟高層有關。」

「我知道，妳意思是……除了我以外，其他總經理都有可疑？」伊隆麥說。

「我不敢說，是你說的。」

伊隆麥看著她：「我明白了，入矢幫助我，我也想幫助他，我就幫他調查一下其他人。」

「認識入矢後，我的伊總愈來愈有男人味了。」凱琳絲笑說。

「什麼意思？我以前不夠男子漢嗎？」伊隆麥指著她：「妳現在是不是要學入矢一樣以下犯上？」

「才不敢呢。」凱琳絲說：「不過，你的確也要提防關總經理他們，你也知道他們的『野心』吧。」

「我知道沒有用，董事長知道才更重要。」伊隆麥沒有說父親兩個字。

「董事長怎會不知道？他比你資歷深多了，只是他還未找到一個可以接任他位置的人吧。」凱琳絲說。

伊隆麥看著海上的船隻：「我會努力的。」

關支能的身分是誰？

其實他是鄧鐵平太太的弟弟，而徐十候就是他太太的叔叔，他們一直對愛瑞集團都虎視眈眈。

鄧鐵平不知道嗎？他當然知道，不過，關支能他們的確幫助愛瑞食品集團賺到很多的錢，所以他才沒有做什麼其他的動作，他叫伊隆麥回來幫手，除了不太相信自己的兒子鄧貴佳，他還想伊隆麥成為下一任「繼承人」。

為什麼集團的名字叫「愛瑞」？

其實就是用來記念鄧鐵平在端典認識深愛的女人。

「愛著在瑞典認識的妳」。

決裂

Chapter eleven

Rupture 05

真相。

真相是什麼？

真相可以換來什麼？

或者，真相換來的痛苦比快樂多。

如果可以，有些真相寧願不去揭穿，永遠不知道。

三天後。

入矢跟藝愛約了見面。

「賢仔……他已經承認了。」入矢跟藝愛說：「對不起，都是我不好，我一早應該看得出他有問題……」

「不，不是你的錯，你不需要跟我道歉。」藝愛說。

「我真的不明白，為什麼賢仔要這樣做？為什麼當初欺騙我！」入矢激動地說。

「或者……人不可以貌相，你所看到的分數，可能不一定準確。」藝愛說。

入矢眼定定地看著她。

「就如我看到的幸運英文字母都會改變。」藝愛說。

「那你有沒有看到賢仔的英文字母改變了？」入矢說：「沒有了我這個朋友而變得不幸？」

「這……我沒有留意到。」藝愛說。

「或者，沒有了我這個朋友，他會變好運也不定。」入矢說：「對嗎？」

「別要這樣說，入矢，你是一個很好的朋友，你也幫助他很多呢。」藝愛喝了一口清水，杯上留下她的唇印。

入矢一直看著不敢正視她的藝愛。

「為什麼……」入矢從來也沒出現過的認真表情：

「妳還在說謊？」

藝愛聽到入矢的這句說話後，覺得非常突然。

「你……你在說什麼？」她問。

「我還以為妳會說出真相，沒想到妳還在『扮好人』。」入矢再次重複：「為什麼妳還在說謊？」

「我沒有說謊！」

「賢仔根本不會這樣做！」入矢把手機給她看：「那天，我在快餐店跟允貞他們吵架，當時快餐店的經理就在經理房外偷拍我們！」

當時，入矢扮作發脾氣跟允貞吵架，就是想知道有沒有人偷看。入矢當時已經發現店經理鬼鬼祟祟在門外，所以他暗地裡拍下店經理偷拍的相片。

「為什麼他要這樣做？」藝愛說：「這也跟我沒關係！」

「妳是我人生中其中一個最相信的人！我一直也很相信妳！」入矢臉上沒有任何的表情：「為什麼妳要誣蔑賢仔？為什麼妳想破壞我們的關係？」

「我沒有！」藝愛表情可憐：「我真的沒有！」

「老實說，我一開始已經覺得賢仔不會這樣做，我不只是相信我看到他的低分數，而是我相信我一直真實認識與接觸的賢仔。當初，他很喜歡允貞，也沒有做任何的錯事，只是默默地喜歡上她，這樣的一個男仔，怎可能想迷姦妳？」入矢說。

「你不相信我？」藝愛泛起了淚光。

入矢痛苦地搖頭：「由上次我到會議廳開會時，已經覺得有問題。」

藝愛不明白他的意思。

「當天，關支能說我聘請員工時不跟人事部的守則。」入矢說：「他怎會知道？」

「應該是人事部的同事在背後跟他說吧！」藝愛解釋。

「不，問題不是這個，當時關支能是說……」入矢說：「『你好像在看運氣請人一樣』，『運氣』這兩個字，人事部的同事會這樣跟他說嗎？為什麼關支能會說『運氣』，而不是其他的說法？比如說『看心情』又或是『看樣貌』？」

藝愛呆了一樣看著他。

「沒錯，我們的確是看『運氣』去請人，而知道的人，就只是我，還有擁有這能力的……妳！」

入矢指著她：「是妳告訴關支能對吧？究竟你們是什麼關係？為什麼要來對付我們？」

藝愛沒法說出一句說話，因為，她的確是……

一直叛背入矢。

「妳怎樣裝下去也沒用，因為妳現在的表情已經……出賣了妳。」入矢說：「我沒有跟其他人說出來，是因為我想直接地問你原因，我說過了，妳是我最相信的人。」

當初他們認識時的畫面再次出現在大家的腦海之中，他們一起在Michelangelo躲起來避開看更、一起去看著街上的路人、一起研究大家各自的能力、一起在招聘日請人、一起到漫畫店聊天等等。

世界上，就只有對方可以明白自己，從小到大都被當成「怪物」一樣看待，他們最後也選擇「隱藏」自己，不再告訴其他人自己有的能力。

直至那一天，他們相遇，他們終於找到一個真真正正明白自己，跟自己有同樣經歷的人。

可惜……就因為入矢沒法看到藝愛的分數，入矢沒法看出她的「背叛」。

不，更正確的說，入矢「不想相信」藝愛一直在欺騙自己。

「對……對不起。」藝愛的眼淚流下：「關支能……是我的男朋友，由最初認識你以後，我一直也在欺騙你。」

入矢已經一早想到，不過，由當事人親口說出來，他的心更痛苦。

「他安排我到楊偉超身邊，其實他是在利用你去對付一直也看不順眼的楊偉超。」藝愛咬著唇：

「然後，他要我也同樣地在你的身邊，收集你們的情報，這次他還想利用我跟賢仔，去破壞你們的關係。」

「為什麼要這樣做？」入矢問：「你明知關支能是錯的，為什麼要幫助他？」

「他除了是我的上司，他還是我深愛的男人！我要聽他的說話，我沒得選擇！」藝愛哭著說。

入矢深深呼吸，說出一句說話。

「世界上，從來沒有人可以迫妳做妳不願意做的事。」

藝愛用痛苦的表情看著入矢。

入矢這句說話，深深地打入她的內心。

無論……是上司、是深愛的人，甚至是親人，世界上，沒有人可以強迫另一個人去做一些不情願的事。

從來沒有。

每一個人都有自己的思想，沒有人可以強迫另一個人！

「入矢……對不起。」

「我不想要妳的道歉，我只是想妳親口承認。」入矢也泛起了淚光：「我要我最信任的妳，親口承認在欺騙我！欺騙大家！」

「是我……一直欺騙你。」藝愛低下頭說。

「妳真的很愛他嗎？」入矢突然問。

藝愛沒法立即回答他。

「一個妳很愛的男人，卻為了自己，可以不斷把自己的女人交到不同的男人身邊？」入矢說：「請問，這一個妳很愛的男人，又有多愛妳？」

藝愛明白入矢的意思，她一直也知道。

「一個很愛妳的人，是不會這樣做，他一定把妳放在身後保護妳，而不是把妳用來擋在前面！」

入矢說：「或者，我也不懂什麼是愛情，不過，我知道這就是一個男人深愛一個女人時，會做出的決定！」

沒有人會這麼直接跟藝愛說出這番話。

從來也沒有。

她自己一直也知道，只是用不同的藉口去跟自己說：「不是這樣的！他是愛我的！」

藝愛淚流不止。

「藝愛，對於我來說，關支能這樣對妳，他不只是一個只有九十分的賤種，他是一個有一萬分的賤種。」入矢說：「因為，他一直也在利用我的朋友，一直利用妳。」

入矢一點也沒有誇張，藝愛是他人生中第一個沒法看到分數的人，對於入矢來說，她已經超越了「獨一無二」。

「我走了。」入矢站地來說：「我不會跟他們說的，不過，請妳離開我們的團隊。」

藝愛捉著入矢的手臂，然後擁抱著入矢。

「不！你不需要替我隱瞞，我想親自告訴他們！希望他們都可以原諒我！」

入矢沒有任何動力，他已經不知道自己可以再說什麼，他只有……

心在痛。

第二天，入矢四人還有藝愛相約在一間日本料理餐廳。

藝愛把所有的事都告訴了他們，而且對賢仔道歉。

當大家知道藝愛一直欺騙他們時，大家也靜了下來。

良久，允貞第一個說話。

「老實說，我當時的確覺得妳有問題，不過……」允貞微笑說：「賢仔，你就原諒藝愛吧，她已經把真相告訴我們了！」

明明允貞也在懷疑她，為什麼要替藝愛說話？因為允貞完全明白藝愛對關支能那份又愛又恨的感情。

「怪不得妳在二手漫畫店商場洗手間，曾跟我說妳有男朋友。」允貞說：「原來那個人是關支能！」

「沒錯，就是他。」藝愛說。

「其實……我也沒有生藝愛的氣。」賢仔摸摸自己的頭：「那天，我清醒時，我在床上還以為我們兩個真的……」

「你就想了！」允貞笑說。

大家也看著賢仔，笑了。

「妳把所有的事都告訴我們，證明妳不會再陷害我們吧！」多明說。

「對，我覺得藝愛把事情說出來，我反而更相信妳！」賢仔說。

可以說他們單純嗎？不過，的確，藝愛勇敢地說出所有真相，其實也代表了她……

「不想失去這幾個朋友」。

她認真悔過。

「等等！」入矢傻笑：「你們這裡麼快已經原諒她了嗎？」

「當然！我們是最大量的！」允貞說：「難道你還未原諒藝愛嗎？沒想到入矢是這麼小氣！」

「我小氣？我不知多大量！」入矢再次看著藝愛：「好吧！最後一件事我想知道的，允貞被當天放上網的影片，是不是跟關文能有關？」

「我真的不知道！」藝愛認真地說：「不過，我覺得支能不會這樣做，但你們可以不相信我。」

「我相信。」允貞說：「我明白你對深愛男人的愛。」

「現在很矛盾啊……」多明說：「妳是我們敵人的女朋友，而我們又原諒妳了，以後要怎樣好？」

藝愛站了起來：「因為入矢的說話，讓我有所改變，我知道我要怎樣做。」

「你說了什麼？」允貞問我。

「我說『一個真心愛妳的男人，才不會這樣利用自己的女朋友』。」我說。

「你當時不也是利用我嗎？」允貞說。

「當時我們還未……」入矢說：「總之關支能不會是真心愛藝愛的！」

「入矢！」

允貞拍打他的頭，入矢不應該在這時候這樣說，會非常傷藝愛的心。

「不，入矢說得對。」藝愛說：「我知道支能不會是真正愛我，所以，我決定了反過來幫助你們調查他。」

「哈哈！雙重間諜嗎？很好！」賢仔高興地說。

「還是等一等。」入矢撓起雙手在胸前：「妳真的可以這樣做嗎？我意思是，他是妳最愛的男人……」

「如果支能真的做了什麼壞事，我覺得我不能再愚忠地愛他。」藝愛的心情很複雜，不過她還是說出口：「我會放棄再愛這樣的一個人！」

他們四人一起看著藝愛。

然後，入矢走到藝愛的面前。

「你一直也沒有告訴他我同樣有『能力』，我知道妳還是不想徹底地把我出賣。」入矢伸出了手：「好吧，我代表我們的團隊，再次讓妳加入。」

入矢與藝愛握手。

兩個擁有「八隻手」的人，再一次握手。

關係更緊扣。

「弱點和缺點反過來使用，就可以化作利刃。」入矢說出了一句《暗殺教室》的台詞：「希望可以把妳對『愛』的弱點，變成了優點。」

「謝謝你們相信我。」藝愛很是感動。

「原諒是原諒妳了，不過，這一餐一定是你請客，嘻！」允貞跟她單單眼。

「哈哈！對！這間日本料理超好吃！當然我們都有折吧！」多明說。

「我……我還有一個要求。」賢仔舉起手來：「我當晚什麼也沒做，現在……現在可以給我一個吻嗎？」

「去死啦你！」多明大笑。

「你就想！」允貞也拍打他的頭。

「那先吻我吧！」入矢也加入。

他們四個人又亂作一團。

藝愛看著他們四個人，她終於知道……

或者，友情比愛情更重要。

她能夠改邪歸正嗎？

她能夠繼續幫助入矢嗎？

*《暗殺教室》，松井優征作品，二零一二年至二零一六年，全二十卷。

決裂 Rupture 08

Chapter eleven

晚餐過後。

入矢駕車送他們回家，多明與賢仔已下車，現在車上的乘客只餘下允貞與藝愛。

藝愛說出了關支能、徐十候跟鄧鐵平的關係。

「原來是有親戚關係，這樣說，關支能的野心真的不小呢。」入矢看著倒後鏡中的藝愛。

「我覺得有能者居之也是正常的。」允貞說：「始終關支能也幫愛瑞賺了很多錢。」

「一直以來，支能也只是要我報告你們的情報，只是這次有點過分而已，他希望我可以讓你們決裂，才會要我做這一場戲。」藝愛說：「他只想趕走你們。」

「趕走我們？才沒這麼容易呢。」入矢說：「妳想不想知道這個男人值不值得愛？」

「我真的很想知道。」藝愛看著玻璃上自己的倒影：「當初你跟我說他是一個有九十分的人渣，其實我也不太相信，因為他的確對我很好。」

「現在就是『皮草商』的問題了。」入矢說。

「什麼叫皮草商問題？」允貞問。

「一個在皮草商工作，殺野生動物做皮草的獵人，他是不是壞人？」入矢問。

「當然！用野生動物來換錢！一定有錯！是壞人！」允貞說。

「但他工作，是為了養一個九十歲長期臥在病床上的婆婆，他的父親死去，媽媽雙腳因車禍而沒法走路，太太也不幸死去，他還有三個女兒，一個只有一歲，另外一個有長期病患，要錢醫病。」入矢再問：「請問他為了家人做打獵工作，是不是有錯？」

「這樣……」

沒錯，現在藝愛就是同樣的情況，關支能對她很好，而且她很愛這位能幹的男人，不過，如果他是一個極級的「賤種」，藝愛應該要繼續愛他嗎？

「藝愛，我想問多你一次。」入矢說：「如果最後調查的結果，全都跟關支能有關，你真的會站在我一方？」

藝愛沒有立即回答。

「我知道你很難選擇呢。」允貞說。

不久，她說：「我只能答你，我不知道，不過，我一定不會讓他傷害你們，我只想知道我有沒有愛錯這一個男人。」

「可以了。」入矢說：「我明白你的心情與處境。」

「你說一個深愛我的男人，是不會利用自己深愛的女人。」藝愛說：「其實我一早就明白，不過就是不敢承認。」

「藝愛……」允貞搭著她的手背。

「最後一個問題，如果，我只是說如果，關支能就是害死我朋友的人，我要對付他，你還是會站在我一方？」入矢問。

「入矢！這個時候不要問這些問題好嗎？」允貞說。

「不，這是很重要的問題。」入矢說。

藝愛看著玻璃上自己的眼神然後說：「我會！」

「很好。」入矢說：「那就這樣吧，我們決裂了。」

「什麼意思？」藝愛問。

「妳把我們四個人都弄到決裂了，就這樣告訴關支能吧。」入矢說。

「為什麼呢？」允貞問。

「老實說，我跟關支能就像在下棋一樣，我們都精心計劃如何打敗對方。」入矢說：「這就是我的……『下一步計劃』。」

入矢已經想好了之後的事。

「可以嗎？」入矢再次看著倒後鏡中的藝愛。

藝愛點頭：「我會幫助你！」

Chapter twelve

Disappear

失蹤

失蹤 Disappear 01

Chapter twelve

荃灣山上的一所小木屋。

「求求你放過我們一家人！我真的什麼也沒說！求求你！」一個男人被綁在木椅上。

他是一位紅酒批發商人，同時他非法販賣改良的艾司佐匹克隆。

除了這個男人，他的太太與十二歲的女兒也在木屋內，跟他不同的是，他的妻女正被黑布蒙頭，雙腳被綁，倒吊在天光之上。

「你什麼也沒說？那為什麼那個陳達萬會發現？」另一個男人說。

他是……徐十候。

「我不知道！沒有說出是你要了貨！」男人大叫。

「媽的！」徐十候一巴掌打在他的臉上：「現在你不是在說了嗎？」

「我沒有！真的沒有！」

此時，他被倒吊的太太不斷想說話，卻被口中的沙布塞著，發出「唔唔唔」的聲音。

「妳很吵！」

徐十候完全不理會她是女人，一拳轟在她的肚皮上！

女人痛苦地慘叫！徐十候再在同一個位置轟一拳！

在旁兩個徐十候手下也看到皺起眉頭，不過，他們已經跟隨徐十候多年，都知道他是一個……

「怎樣的人」。

「阿芬！不要！請你不要！」男人哭著說。

「算了，算了！」徐十候看看手錶：「我還有會要開，不想浪費時間了。」

然後，他拿出一巴剃刀……

在女人的頸一刀割下去！女人連叫也叫不出來，因為喉嚨已經被割開！

血水從她的倒吊的頭部，一滴一滴落在地上。

最初是一滴一滴，很快，血已經像流水一樣流下。

「阿芬！阿芬！！！」

「其實你說不說出來也沒所謂，因為我已經決定了用你們來祭旗，嘰！」徐十候用手背抹去自己臉上的血水，然後把頭伸到男人的旁邊：「你暫時不會死呢，你要一直看著前方，看著她慢慢地流血死去。」

女人就像一條被倒吊的巨型三文魚一樣，痛苦地不斷掙扎。

不，不是一條，而是……「兩條」。

他再次一刀割在那個十二歲的女兒的頸部！

兩條巨型的三文魚，因為痛苦，不斷在輾來輾去！痛苦的叫聲不斷傳到木屋之內！

「你呀，看著。」徐十候指著前方：「你放心，你兩個最愛的女人死去後，我才會殺你。」

男人已經沒法說出話來，他只能呆了一樣看著前方。

他的「遊戲」足夠嗎？

還未夠，他跟手下點頭，然後把兩個女人頭上的黑布除下。

「我要讓你看著他們痛苦呻吟表情，同時……」徐十候說：「讓她們看著多麼無能的你，你……一個也救不到！」

話一說完，徐十候掉下了手上的剃刀。

「我回去開會，你們幫我處理之後的事。」他說：「記得，要拍片，我最喜歡看！嘰！」

「知道，徐生。」黑衣手下向他點頭。

「我臉上有沒有血跡？」他問。

「一點點。」

「媽的！還要去開會呢，一會上車又要換過件西裝！真麻煩！」

他完全不在意快要死去的人，只在意自己的西裝。

沒錯，兩個跟他多年的手下，都知道徐十候是一個「怎樣的人」……

一個變態的男人。

一個人渣成分指數九十二分的男人。

手下打開了礦泉水樽蓋，讓他洗手，然後徐十候走出了木屋，好像什麼事也沒發生過一樣。

你不會知道，街上看到的那個笑容滿面的路人，他曾經做過什麼？

你不會知道，跟你搭同一部升降機的那個人，他強姦過哪個女人？

你不會知道，在銀行遇上那個很樂於助人的職員，他殺了幾多動物？

你不會知道，那個跟你開會的男人，在一個鐘前，殺死了兩個女人。

在我們生活的社會、在這個充滿偽裝的社會、在這個充斥虛偽的社會中，你根本不可能看到別人……

「最真實的黑暗面」。

失蹤 Chapter twelve Disappear 02

西半山獨立式住宅。

關支能用昂貴的租金租下這所舊式風格住宅，不是要顯示他有品味，而是有他的「用途」。

因為這所舊式的獨立式住宅，有……「地牢」。

關支能下班後，第一件事就是準備簡單的食物，然後走下地牢。

地牢的燈是由外面打開，他按下了燈掣，地牢的光亮起，這裡環境非常惡劣，只有簡單的一張床與傢具，衣物四處亂放，正常家中有的電視、電腦、手機等等，這裡全部都沒有。

「吃晚餐了。」關支能說。

鏡頭移到牆角……

一個被鐵鏈鎖著的手腳的少女瑟縮一角。

一個骨瘦如柴，只有十一歲的女孩，雙手抱著膝蓋，躲在一角。

她看到關支能手上的食物，立即衝上前，可是，手腳都被扣著，她沒法走上前拿食物。

「對不起，因為前兩天很忙，沒時間給妳食物。」關支能面不改容說：「只能到今天才給妳。」

這個女孩已經兩天沒吃飯？

關支能走近她，放下了食物，女孩立即像狗一樣，在地上狼吞虎嚥吃著食物。

關支能微笑說：「慢慢吃吧，不用急。」

這個女孩，十一年來都被關支能困在地牢之中！

她是從何而來的？

為什麼關支能一直困著她？

十三年前，她的母親，從越南偷渡來的十六歲女生，被關支能在地下的人口販賣市場買來，然後生下了她。母親在女孩四歲時已經死去，女孩就代替了母親的位置，一直被困在這個可怕的地牢之中。

如果你問，香港也有人口販賣？

只要有「人」的地方、只要是有「錢」的價值，沒有什麼是不能買賣。販賣人口、毒品、野生動物等等市場，比你想像中更猖獗，在全世界各地也一直在販賣著，沒有停止過。

只要是有金錢來往的地方，就有最可怕與醜陋的人性出現。

女孩吃完她的晚餐之後，準備要做她的「工作」。

「今天我很累，公司有太多事要忙。」

關支能……脫下了褲子，又臭又腥的「那話兒」雄偉地勃起。

「今天給妳買的士多啤梨味蛋糕好吃嗎？」關支能問：「妳的嘴巴就是士多啤梨味了，哈。」

女孩不懂說話，她知道自己的要做什麼，她走到關支能坐下的地方蹲了下來，準備她的「工作」。

她是那個十六歲從越南偷渡來的少女所生的女兒，而她的父親就是……**關、支、能！**

前前後後，已經有三個出生的小孩死去，其中一個男嬰，更被關支能活活的捷死！

留下來的這個女孩，只有她，唯一一個能夠生存下來。

被關在這個不見天日的地方，不如**死了會更好。**

不過，少女連死也不能選擇！

當少女孩再大一點，關支能就要她做著她媽媽的「工作」，他要一直把她們當成自己發洩的「工具」！

關支能。

充滿魅力的他，整個食品集團都以他為榜樣，卻沒有人會知道，他暗裡會是一個這樣的人，深愛著他的藝愛也不會知道！

或者，他的人渣成分指數，比入矢可以看到的九十分更高。

更加他媽的高！

他是「賤種」？

未必可以的完全形容關支能的所作所為，他應該可以說是……

「賤種中的禽獸」

營業比賽來到第三個月，正好是一個季度。

愛瑞五角大樓的會議廳。

今天鄧鐵平不在，由鄧貴佳主持，另外，入矢也來到了會議廳。

伊隆麥的團隊，因為入矢的「福利計劃」繼續發酵，營業額已經大增百分之四十，比其他三個總經理加起來的營業額更高。

不過，問題卻隨之出現。

這天的議程，是其他團隊的總經理動議廢除伊隆麥團隊的計劃。

「伊總經理，我知道你們的佣金計劃很成功，不過，你們的確影響其他團隊同事的士氣。」關支能說：「上次我也提出過這個問題，如果這樣下去，我們另外三個團隊繼續虧蝕，你們團隊也難以挽回。」

「自己虧蝕卻怪我們嗎？」入矢在後方席輕聲說：「是什麼道理？」

「他們就是不講道理。」凱琳絲在他耳邊說：「一會交給你了。」

「沒問題！」入矢充滿信心地說。

「還有，現在是市道好的季節，你們當然可以用這個方法，不過，你也知道有一半時間都是淡季，到時你們的員工沒有高收入，我也替你擔心呢。」徐十候扮成擔憂的樣子。

「伊總經理，能否找出更好的解決方案？」鄧貴佳問：「如果沒有解決方法，我們只好廢除你團隊的計劃。」

他們一起攻擊伊隆麥。

坐在後方的入矢，看著八十五分的鄧貴佳，他知道，這次的對手不只是徐十候與關支能，還有這個二世祖。

「入矢，你出場了。」凱琳絲說。

「嗯。」入矢站了起來走向他們：「讓我來代伊總解釋！」

全場人也在看著他。

「又是你這頭狗？」因為鄧鐵平不在，徐十候說話更放肆：「你又想走出來吠嗎？」

「徐總，請你尊重我的同事。」伊隆麥嚴肅地說：「他是我們計劃的創辦人，由入矢向你們幾位解釋我想會更好。」

「好，就聽聽你說什麼。」徐十候不俏說。

入矢看著關支能：「你所擔心影響士氣的事，我反而想問你一個問題。」

關支能給他一個「發問」的手勢。

「對於我們團隊來說，營業額大增百分之四十，請問我們的福利計劃是不是很湊效？」入矢問。

「如果只以你們團隊的營業額來說是湊效的，不過……」關支能說。

「可以了。」入矢阻止他說下去：「既然關總也覺得湊效，那為什麼是由我們改變？廢除我們的計劃？而不是……你們作出改變？」

入矢指著他。

「你們大可跟隨我們的做法，一起讓員工得到額外的佣金，而不是要廢除我們的計劃。」入矢自信地說：「不會是你們怕跟吃我口水尾吧？別要像個小孩一樣，你們怎說也是公司的最高層呢！」

入矢第二句說話，充滿了挑釁，他是替伊隆麥報仇，上次他被問到啞口無言的仇。

「我們怕吃你口水尾？你說什麼？！」徐十候帶點憤怒。

「先別要生氣，不然就會像你說的『像狗吠』了，哈！我也是想愛瑞食品集團變得更好，才會這樣說。」入矢奸笑：「另外徐總的問題，你說當淡季出現，員工沒有了豐厚的佣金就會影響士氣嗎？」

入矢雙手按在長會議桌上。

「看來徐總真的蹲在辦公室太久了，你根本不知道出面的門市是怎樣運作，還有，也不了解大部分的員工心態。」入矢扭曲了表情說：「當然當然！你每年都加薪，年尾又有花紅及雙糧，當然不知道員工的生活與苦況！對對對，我忘了！叫員工投資也是你的收入！哈！發死人財也是你的收入，對吧？！」

入矢的說話「有骨」。

「你說什麼？」徐十候頭頂出煙。

關支能按著徐十候的手臂，要他冷靜下來。

「員工們比你們更加知道淡季的收入會減少，反而，會讓他們想出更多不同的方法，更加努力去賺受佣金，當然，是合法的方式，而不像某些人一樣，以非法的手法去騙取別人的一生積蓄！」

「媽的！伊隆麥你這隻叫『入屎』的狗究竟怎樣了？」徐十候看著他，指著入矢：「不斷在吠，很吵耳！」

「吵耳嗎？會不會是崩口人忌崩口碗？」伊隆麥輕聲地說。

「你說什麼？！我聽不到！」

「沒事沒事！」伊隆麥微笑回應。

「等等。」鄧貴佳終於說話：「鍾入矢你的解釋我可以接受，不過你現在的營業手法的確影響了其他的團隊，如果真的沒有解決方法，我只好強制禁止你的佣金計劃。」

他根本就沒有聽入矢的解釋，一意孤行。

「我的 CEO 大人，你剛才是不是睡著了？我不是說過了嗎？」入矢說。

「你夠膽這樣跟我說話？！」鄧貴佳拍打桌面。

「為什麼不夠膽？我只是說事實！」入矢的顏藝再次出現：「我們根本沒有影響其他團隊！只是

其他團隊不跟隨我們的計劃！根本就不用廢除我們的計劃！」

鄧貴佳看著入矢扭曲的臉容，也被嚇到身體向後傾！

然後，入矢走到「那個人」的身邊。

入矢知道，只有「解釋」根本不會有真正的效果，所以他……

一早已經採取「行動」！

失蹤 Disappear 04

Chapter twelve

入矢走到了「他」身邊。

走到一直沒有說話，一百零一分的張岸守身邊！

「張總已經答應下月運用我們的『福利獎賞計劃』，我也會把我改革的詳細計劃全部告訴張總經。」入矢說：「他的團隊會跟隨我們的做法去改革！」

「對，我們決定了為期三個月的改革，再看看情況作加減改動。」張岸守沒有表情托托眼睛說。

現在四個總經理是……二對二！

入矢在開會前已經拉攏了張岸守！

最初，入矢也不知道這方法可不可行，不過當他接觸到張岸守以後，張岸守非常欣賞他的「福利計劃」做法！

在入矢經歷了這麼多事以後，他終於知道一個「道理」。

「賤種」未必全部都是……「敵人」。

而且，「賤種」也不一定想跟他作對，「賤種」也有想對付的「賤種」！

張岸守是擁有一百零一分的人，無論是入矢的分數出錯，還是他真的是賤種中的賤種，入矢只知道張岸守暫時也……**不是自己的敵人！**

「我的改革建議報告，已經交到鄧鐵平董事長手上。」張岸守看著鄧貴佳說：「這次會議就是想告知你們。」

「鄧鐵平」這個名字，對於鄧貴佳來說，根本就是「死穴」。

張岸守當然知道。

「請問其他兩位總經理還有什麼意見？」入矢說。

他用一對凶狠的眼神看著關支能與徐十候！

全場也靜了下來，直至……

關支能在拍手微笑！

「厲害……果然厲害！」他看著在場的人說：「現在我們休息十分鐘，其他人先離開會議廳，總經理們請留下來，還有……你。」

他指著入矢。

入矢聳聳膊回應他。

其他不關事的人都離開後，會議廳的大門關上，在場的就只有最高層的人員與入矢。

「請問關總為什麼要叫其他人先行離開？」張岸守問。

「因為我要跟大家說出一個『秘密』。」關支能看著入矢：「鍾入矢！你的表情真的是一絕！

果然……有其父必有其子！」

入矢瞪大了眼睛，本來自信的表情全收起，因為關支能提到他的父親！

每個人都有「死穴」，鄧貴佳的死穴是他的父親，而入矢的死穴，同樣的也是他的「父親」！

「希望你別介意，因為你的出現改變了整個愛瑞食品集團，所以我們對你作出了詳細調查。」關支能的表情比入矢更奸險：「沒想到，你的身世會是如此，哈！」

當時，楊偉超說入矢沒家教，他比正常人更生氣，為什麼？

入矢的身世？入矢的父親？

他不是跟藝愛說過嗎？

入矢曾跟藝愛說過，他的父母在他六歲與九歲時相繼因病離開，而他第一本擁有的漫畫，是爸爸買給他的漫畫書《遊戲王》。

不是這樣嗎？

「你怎樣不說話呢？」關支能問。

徐十候在一邊奸笑。

「對對對，你可能不想別人提起你的父親吧，對嗎？」關支能身體傾前。

「入矢，發生什麼事？」伊隆麥問。

「不想提起，是這樣嗎？殺人犯的兒子！」

*《遊戲王》，高橋和希作品，一九九六年至二零零四年，全三十八卷。

失蹤

Chapter twelve Disappear 05

入矢，四歲時。

他們一家五口，住在舊式公屋的一個細單位內。

那一天，入矢一生也不會忘記。

血水已經佈滿了整個公屋單位的牆壁，而鮮血是他家中的其他成員——爺爺與嫲嫲。

「光迅！不要！不要！不要殺我們！不要！！！」

入矢的媽媽張于秋抱著只有四歲的入矢，瑟縮在牆角，當時的入矢整個人也被嚇呆了，他沒想到漫畫中的畫面，會出現在他的眼前。

入矢曾說過，之前看過兩個人超過八十分以上的人，一個是小妹妹陳彩英，而另一個「殺死自己父母的殺人犯」，就是他的父親。

鍾光迅看著已經劈死雙親的父親，他回頭看著自己的妻兒，當時，入矢看到父親的臉上出現了八十一分的數字。

鍾光迅沒有說話，他坐在地上，呆呆地看著兩具屍體，他手上的長刀還緊緊的握著。

「入矢，你快逃走！快逃走！」張于秋在入矢的耳邊說。

「媽媽……爸爸為什麼要這樣做？」入矢問。

「別要問！你快逃走！快！！！」

入矢站了起來，他沒有立即逃走，他反而走到了父親的面前。

「入矢！」張于秋大叫。

「爸爸，你是在扮《浪客劍心》嗎？」入矢看著全身染滿血的鍾光迅：「爺爺嫲嫲是不是被你打敗了？」

鍾光迅看著自己的兒子。

「爺爺嫲嫲會不會復活過來？」入矢問。

精神恍惚的鍾光迅終於醒過來，然後他擁抱著入矢大哭。

「嗚～嗚～嗚～嗚～嗚～嗚～嗚～嗚～嗚～」

鍾光迅沒有對自己的妻兒下手。

這是入矢最後一次接觸自己的父親，在兩年之後，鍾光迅在精神病監獄中自殺死去。

當年，鍾光迅殺死自己父母的事，一時轟動，各大傳媒把幾宗晚上少女遇害被姦殺的案件都推到鍾光迅的身上，鍾光迅成為殺害自己父母的男人外，還背負了「姦殺少女的禽生」這個臭名。

別人都說鍾光迅在獄中內疚而自殺死去，不過，有更多的獄犯說，他是在獄中被其他囚犯折磨，最後監生被打死。

在外面世界，入矢與張于秋也不好過，被冠上了「殺人犯之子」的臭名，他們已經搬過不同的居所，也轉過不同的學校，不過，欺凌一直出現，沒有停止過。

就在入矢六歲半那年，入矢媽媽抵受不了沉重的外界壓力，也選擇自殺離開這個可怕的世界。

幸好，當時教會的修女出手幫助，失去雙親的入矢才能繼續生活下去。

事件慢慢地淡化，入矢成長後，也再沒有人記得他就是「殺人犯之子」。

其實，入矢真正研究每個人身上分數的原因，就是因為父親發生的這件可怕的事，讓入矢開始想知道分數的「意思」與「意義」。

這才是……「人渣成分指數」真正出現的原因。

會議廳內。

「鍾光迅，就是鍾入矢的父親，殺死自己的父母及姦殺其他的無辜少女。」關支能說。

「我父親沒有姦殺其他人！」入矢的反應非常大。

「啊？怎樣了？殺人犯的兒子為了父親而辯護嗎？」關支能走到他的身邊：「你的身體之內……正正流著**殺人犯後代的血！」**

「哈！原來是人渣殺人兇的後代，怪不得狗口長不出象牙！」徐十候火上加油。

入矢的拳頭緊緊握著。

「真想知道，有一個這樣的父親，你是怎樣長大的？」關支能搖頭笑說：「所以你才會總是尊卑不分？完全沒有家教！你根本就沒有父母去教你如何做人！」

入矢的拳頭已經按耐不住，揮向關支能！

關支能比他更快，一手捉住他的拳頭！

「果然！還是承繼了你父親的野蠻血統！」關支能奸笑：「啊？如果我把你的事再次從新向傳媒重提，會有什麼的效果呢？」

「哈！一個姦殺少女殺人犯的兒子，在這個時代，全世界一定會公審你！哈哈哈哈！」徐十候大笑。

「入矢，你一定會破壞我們公司形象！我們的集團不需要有你這種人！不需要有你這種父親是殺人犯的『人渣』！」關支能面容扭曲地說。

現在，入矢反被說成了人渣！

關支能要趕走阻事的入矢！

入矢要對付的九十分「賤種」，絕對不是一件簡單的事！

這次，他完全敗在關支能的手上！

*《浪客劍心》，和月伸宏作品，一九九四年至一九九九年，全二十八卷。

會議後不到半天，網上瘋傳入矢父親的新聞。

「殺父母犯之子」、「強姦犯的下一代」、「姦殺犯之兒子」等等不同惡毒的標題充斥著各大社交平台。

更有網媒記者訪問當年被姦殺的少女家屬，他們都聲淚俱下，指出鍾光迅的惡行，家屬多年來也沒有得到解脫，入矢成為了眾矢之的，惡毒留言滿佈網絡。

入矢也被「起底」，除了知道他有一間二手漫畫店以外，還登出了他在愛瑞食品集團出任重要職位的新聞，有網民立即發起「杯葛愛瑞食品集團」，不想光顧殺人犯之子任職的食店。

愛瑞食品集團新聞組也出來澄清事件，說明入矢已經遭到即時解雇。

這種惡意中傷的手法，跟當時允貞的方法同出一轍，如果沒有猜錯，允貞的事件也是由關支能一手做成。

第二天，入矢放下了一封信給伊隆麥，信中提及要找人保護其他幾個朋友，而他也不能再在愛瑞幫助伊隆麥。

入矢從那天起，失蹤了。

不只是伊隆麥，他連允貞也沒有再聯絡，最後只是發給她最後一個訊息。

「愛妳，等我。」

因為此事件，停留二手漫畫店也遭人惡意破壞，高美子為了安全起見，決定暫時關閉漫畫店。

關支能把入矢的事公告天下，直接損害公司聲譽，為什麼他不怕這樣做呢？他不怕鄧鐵平追究？

對，他才不怕。

因為同一時間，伊隆麥是鄧鐵平私生子的事也被傳媒公開。

一向都愛面子的鄧鐵平，多日來受到傳媒追訪，他也分身不暇。傳媒的事也不是讓鄧鐵平最煩惱，最讓他煩惱的是，他太太得知這事件後，非常憤怒，愛瑞食品集體開始出現了黨派的分化，首當其衝，就是站在鄧鐵平太太一方，她弟弟關支能的勢力，還有徐十候。

鄧鐵平太太一直寵愛兒子鄧貴佳，不過，鄧鐵平卻對他非常冷漠，甚至曾說過不想要這個沒用的兒子，鄧鐵平太太一直懷恨在心。

鄧鐵平太太擁有愛瑞食品集團百分之三十五的股分，現在被指為背妻出軌的鄧鐵平，在董事會及外面傳媒的夾攻之下，他在集團的地位已經開始不保。

入矢的事，還有伊隆麥的事同一時間發生，一切會不會來得太巧合？

好像所有事情的發生時間都準確無誤，就像是**早有安排一樣。**

沒錯，一切也是關支能一方的「安排」，他們已經深謀遠慮多年，就在這一年出現了入矢這個人物，正好是「奪權」的好時機。

愛瑞食品集團股價再次大跌，各食肆的營業額減少三成，愛瑞進入史無前例的困境之中。

當然，關支能等人也不怕股價大跌，他一早已經有沽空股票的安排，然後用沽空賺來的錢，再次購入愛瑞的股票，他讓鄧鐵平太太一方的持股量上升到百分之四十五，而營業額大跌對他來說也不是什麼重要的事，只因「愛瑞」只是那個老鬼鄧鐵平的心血結晶，不是他的菜。

當關支能真正得到最終的權力以後，他甚至想改過整個集團的名稱。

別人都說「有錢人沒有煩惱」，通通都錯了，愈是有錢愈多煩惱，因為人類的「貪婪」會讓鬥爭不斷發生。

在香港，沒有其他集團可以打敗愛瑞食品集團的壟斷嗎？

沒錯，的確沒有，但只有一個方法可以讓它整個集團崩潰，就是……「內患」。

就像某些強國一樣，沒有其他國家可以打敗它？或者，真的沒有，不過在這些「貪婪」的國家，

內患一定會出現，因為有太多醜惡的人性、醜陋的人，為了自身的私益……

爭名奪利。

最後，會把整個集團、整個企業、整個國家引至最終滅亡。

失蹤

Chapter twelve
Disappear 07

入矢失蹤一個月後。

伊隆麥旗下高級日本餐廳。

允貞、多明、賢仔，還有藝愛，在VIP和室中。

「入矢這個死仔！究竟去了那裡！」多明生氣地說：「怎麼可以失蹤一個月音訊全無！」

「希望入矢沒有發生什麼意外。」賢仔擔心著他。

「允貞，這個月入矢有沒有聯絡過妳？」藝愛問。

「沒有。」允貞搖頭：「不過，他叫我們等他，一定有他的原因。」

允貞深信入矢一定會回來。

因為入矢突然失蹤，現在他們已經群龍無首，本來想對付他們的人，都因為知道沒有了入矢，根本只是一盤散沙，不足為患，他們再沒有出手對付允貞等人。

入矢最擔心的就是會連累身邊的人，現在他消失了，反而讓其他人更安全，或者，這就是他失蹤的其中一個原因。

「藝愛，關支能那邊呢？有沒有新的消息？」允貞問。

「現在他忙到完全沒時間跟我聊天，只是忙於愛瑞的事。」藝愛失望地說：「我愈來愈覺得入矢的說話是對的，他好像只是……利用我。」

允貞拍拍她手背，表示支持她。

這一個月來，愛瑞食品集團只能用天翻地覆來形容，外人只會看到營業額、股價大跌，其實內部高層的鬥爭更加劇烈。今天他們來到高級日本餐廳，就是因為伊隆麥想跟他們見面。

「大家好，我們遲了一點。」

此時，和室的門打開，伊隆麥與凱琳絲來到。

「今天又有重要的會議，所以遲了。」凱琳絲坐了下來。

「不要緊，我們都是剛到不久。」允貞說：「只是在討論入矢失蹤的事。」

「伊總，看來你面色不太好。」藝愛說。

「對，因為再這樣下去，我們可能要離開愛瑞了。」凱琳絲代伊隆麥回答。

「什麼？發生了什麼事？」多明問。

「他們說要選出……」伊隆麥說：「新董事長。」

董事會已經完全被關支能一方控制，鄧鐵平被嚴重打擊，身體也出現了問題，現在於醫院中接受治療。這一個月來，伊隆麥因為私生子的事件，被各大媒體追訪。好聽的叫追訪，其實他一直被騷擾。

不過，這些騷擾不是最重要，最讓伊隆麥痛苦的，是他的媽媽被各大媒體「污名化」，說她是小三、賤女人、為錢搶人老公的臭雞等等，評論有多惡毒就有多惡毒，讓伊隆麥非常痛苦。

「雖然這個月沒事發生在你們身上，不過保鑣還是會暗裡保護你們。」伊隆麥說：「放心吧，我會暫代入矢保護你們。」

伊隆麥一直也很尊重入矢的團隊，就算自己有多煩惱，他都以允貞一行人為先。他就是一個會為人著想的男人，而這一點，允貞他們是知道的。

「伊總，選出新董事長後，你們就要離開？」賢仔問。

「如果真的選出新的董事長，必定是他們的人，我們再留下來也沒有意思。」凱琳絲說：「只好離開了。」

「你們放心，我會跟其他高層說，讓你們繼續留下來工作，不會讓你們失業的。」伊隆麥苦笑：

「我跟凱琳絲可能回去端典，開一間小店餐廳，離開香港這個地方。」

「其實，他從來也不喜歡爭名奪利。」凱琳絲說：「當初，隆麥都只是想幫助父親。」

「唉，不過這樣就辜負了入矢的一片苦心。」伊隆麥說：「我記得最近招攬你們時，我是多麼的有雄心壯志！」

「伊總，別要這樣說！」允貞說：「是你給我們機會，而且……而且現在是入矢突然失蹤了，根本不是你的問題。」

「有關入矢的事，就是我找你們出來的原因。」凱琳絲說。

「有他的消息？」賢仔問。

「我有朋友在出入境處署工作，他幫我調查過入矢的出入境記錄。」伊隆麥說。

「入矢離開了香港？」藝愛問。

「對。」伊隆麥說：「入矢最後的出境記錄是……南美洲。」

「南美洲？！」

「對，南美洲的……瓜地馬拉共和國。」

「為什麼入矢要去南美洲？」賢仔問。

「沒有人知道他在想什麼。」凱琳絲說：「不過，我們發現了另一件奇怪的事。」

「是什麼？」多明問。

「在入矢失蹤後的一星期，我們旗下有幾個大廚與甜品師傅都一起辭職，而且是立即離職，倒賠錢給公司。」凱琳絲說：「當中包含曾讓營業額大幅提升，湘菜館的陳大榮大廚。」

「怎會這樣……」藝愛說。

「你們覺得他們跟入矢失蹤有關？」允貞說。

「嗯，太巧合了。」伊隆麥說：「或者入矢正在準備……『下一步計劃』。」

「如果真的有下一步計劃就好了。」多明帶點氣餒：「再這樣下去，愛瑞就會被那班人吞拼。」

「多明你好像是愛瑞股東似的，比伊總更擔心與絕望。」允貞笑說。

「我……我那有！只是覺得這樣就結束，真的很可惜！」多明激動地說。

大家也看著他笑了。

允貞站了起來：「好吧！我們認識的入矢是不會臨陣退縮的！他一定有什麼計劃！我們也不要氣餒！等他回來！」

她在鼓勵大家的士氣。

「好吧！」伊隆麥也站了起來：「我也不會臨陣退縮！我一定會想盡方法拖延選出新董事長！等入矢回來！」

「我相信入矢！」賢仔也站起。

其他人也一起站起來！

「我們先做好現在的事情，希望入矢回來後，會把整個局面扭轉過來！」允貞說。

「好！」

他們突然變得士氣高昂，凱琳絲看著伊隆麥與其他人，暗暗微笑了。

有良心、善良的人，會得到最後的勝利嗎？

還是人渣、賤種，繼續主宰整個愛瑞食品集團？

繼續主宰……整個世界？

沒有人會知道最後的答案。

不過，我們需要去「嘗試」。

嘗試去……

對抗人渣主宰的世界。

南美洲，亞馬遜雨林，巴西地域。

「農夫說，他會開墾耕地同時，會再在其他地方種植更多的樹木。」翻譯員說：「讓森林不會被過分開墾而消失。」

「明白，明白！」他抹去額上的汗水：「我們也來幫手耕種吧！」

翻譯員跟當地農民說，農民非常高興，因為他很少會見到黃皮膚的人來到。

他們一行人開始幫忙耕種。

天氣非常炎熱，他們都汗流浹背。

「嘿，我年輕時都有耕過田，沒想到現在一把年齡了，還要再次耕田！」中年男人說。

「沒辦法，我們要得到他們的信任。」他苦笑：「不然，這次的行程就要功虧一簣。」

「哈哈！我真的不明白為什麼我會答應你來這些偏僻的地方！」另一個瘦削的男人說。

他看著男人：「因為，你不是人渣。」

然後他們都大笑了！

說話的人是鍾入矢，還有大廚陳大榮與可以看到別人壽命的何大福，在他們不遠處，還有幾個入矢帶來同行的廚師。

入矢究竟搞什麼鬼？

究竟失蹤，然後來到南美洲耕田？

他已經放棄了愛瑞食品集團的鬥爭？

他已經放棄了幫助伊隆麥？

他已經放棄了其他成員？

他已經放棄了允貞的愛？

不，入矢從來也不是一個這樣的人。

他用手擋在眼睛上方，看著陽光猛烈的太陽。

「你們要等我！我很快會回來！」

野種

Chapter thirteen

Bastard

賤種

Bastard 01
Chapter thirteen

入矢失蹤後兩個月。

愛瑞五角大樓頂層總經理房。

「隆麥，下星期就是董東大會。」凱琳絲提醒他。

「我知道。」伊隆麥在總經理房中踱步，他摸著木書櫃：「如果真的要走，有點不捨得呢。」

「我們已經盡力拖延了，也沒辦法。」凱琳絲說：「董事長的病情也嚴重了，也沒能力反擊，我想這星期會是最後的一場戰鬥。」

「好吧，**不管被打到過多少次，我都會站起來！**」伊隆麥說著一句，入矢給他看的漫畫《美食獵人TORIKO》的台詞。

「看來你已經『入矢化』了。」凱琳絲笑說。

「什麼叫入矢化？妳是不是也看漫畫太多了？『黑化角色』嗎？」

凱琳絲苦笑，她的電話響起。

「琳絲！」多明來電，你快速地說：「看網上新聞直播！」

「新聞直播？今天有什麼特別新聞？」凱琳絲問。

「不！是……入矢！入矢回來了！」多明說。

「什麼？！」

凱琳絲立即打開總經理房的大螢光幕：「是那個新聞專頁？」

「全世界都在播放！」多明說。

「發生什麼事？」伊隆麥問。

「多明說……」凱琳絲說：「入矢回來了。」

就在凱琳絲說出這句話後，螢光幕出現了入矢的畫面！

入矢皮膚變黑，而且滿臉鬚根，更有男人味，很明題，他失蹤的兩個月不在香港。

「回來了為什麼不跟我們說一聲？」伊隆麥對著螢光幕的入矢說。

很快，他就會知道入矢失蹤的……

「真正原因」。

網上直播的標題寫著——「二十年前姦殺案殺人犯兒子剖白」。

「鍾入矢先生，多謝你接受我們黑白新聞的訪問。」採訪記者說：「請問你有什麼想跟觀眾分享？」

入矢凝重地看著鏡頭：「我想說出我這麼多年的感受。」

「明白，請你說吧。」

「那年我只有四歲，我親眼看著我父親一刀一刀把我的爺爺嫲嫲殺死，當時，我媽媽抱著我，抱得很緊，還有她的哭聲，我永遠也不會忘記。當時我根本不懂什麼叫驚慌，我只覺得父親好像漫畫中的壞人角色一樣，而且我覺得爺爺嫲嫲會復活過來，當然，他們沒有。」入矢說。

「只有四歲看到這血腥的畫面，一定是很痛苦的回憶。」記者說。

「不，老實說，只有四歲的我，當時不會明白什麼叫痛苦，最痛苦的，不是父親殺死爺爺嫲嫲當天，而是……以後的日子。」入矢表情傷感：「之後的那兩年，我跟媽媽被人指著說是殺人犯的家人，我們已經搬過不同的居所，也轉過不同的學校，不過，還是一直被欺淩，直至我六歲半那年，我媽媽……抵受不了沉重的壓力，自殺死去。」

「真的是……人間悲劇。」記者搖頭。

「就算是我爸殺了人，為什麼其他人要對付我跟我媽媽？為什麼要對我們做出欺凌的行為？我媽媽就不痛苦嗎？我媽在自殺之前，從來沒一天抬起過頭做人！」入矢激動地說：「為什麼？為什麼要我們來承受罪名？我們有做過什麼壞事嗎？我媽不是自殺的，是被當時那些欺淩我們的人渣害死！」

「非常明白你的痛苦。」記者拍拍入矢的肩膊：「不過，當時鍾光迅除了是殺害父親的殺人犯，還有姦殺……」

「我父親沒有姦殺任何人！」入矢堅決地說。

*《美食獵人TORIKO》，島袋光年作品，二零零八年至二零一六年，全四十三卷。

「只是當時的媒體把姦殺犯歸咎到我父親的頭上！」入矢說：「幾宗姦殺案都發生在跟我父親會經常出入地區很遠，根本沒有任何證據指出是由我父親所做！」

「會不會是跨區犯案？」記者問。

「我自己也調查過，世界上有九成的姦殺案的兇手都是在同一區行兇，如果你硬是要說是我父親所做，為什麼不歸究是警方的辦事不力？二十多年來還未捉到真正的兇手？大家都把同一時段的案件說成同一個兇手所為，這樣合理嗎？對，我父親的確是殺死了我的爺爺嫲嫲，甚至是我親眼看著他殺死他們，但我知道他沒有姦殺任何人！為什麼要把所有的罪名加諸於鍾光迅身上？！」

入矢的眼淚流下。

「死者的親人，我明白你們的感受，我的爺爺嫲嫲也在我眼前死去，我甚至是全家都死去！只餘下我由教會的修女一手養大，我非常明白你們的心情！我很痛恨我父親，不過，他沒有殺死你們最重視的女兒與親人！」入矢看著鏡頭，眼睛非常堅定：「而且，我父親殺死爺爺嫲嫲是不爭的事實，但為什麼我跟我媽要同樣受罰？我媽媽是無辜的！在此，我很想跟在天上的媽媽說，我們啞忍了這麼多年，我終於有勇氣站出來講究我的感受，希望妳在天之上，可以得到安息。」

承認自己爸爸殺死父母，還有自己的可憐身世，加上大眾對仇警的情緒與入矢對媽媽的親情，入矢的演說……**無懈可擊**。

「我已經有被不斷攻擊的心理準備，但我還是決定把我多年的感受在公眾面前說出來。」入矢抹去眼淚：「我不會認輸的，我要在這個可怕的社會好好生活下去，我不會被痛苦的過去、不幸的命運打敗！媽媽，我會好好的生存下去！」

入矢看著上方，好像跟媽媽說話一樣。

同一時間，在場的工作人員開始拍手，為入矢的勇氣與不畏人言而鼓掌！

「多謝你們！多謝！」入矢又再次不禁流下眼淚。

一直以來，他收起來的痛苦與鬱結，終於一次過釋放出來。當然，這也是他回來的「計劃」一部分，不過，他所說的話都是真心的。

全都是真心的說話。

他要代替家人……好好生活下去。

好好生存下去。

好人一生平安？還是早日脫離痛苦？

其實一個人最後，能夠留下什麼，才是最重要的。

入矢這次的訪問，收到了絕大的效果，大眾都希望警方再次調查二十多年前的姦殺案，而入矢的「殺人犯兒子」之名，再不是「污名」，反而成為了一個……

「勇敢站出來」的代號。

世事很有趣，從前演壞人的配角演員，在這個時代反而成為了受人敬仰的演員，反而，那些釋演好人的主角與英雄，在現實中都是人渣與賤種。

我們人類對「道德」與「好壞」的定義已經完全改變，因為，我們知道更多的真相，我們知道有太多太多人，只是披著羊皮的狼，都是最虛偽的小人。

為了利益、為了權力，虛偽地裝一副好人樣子的……

「人渣賤種」。

……

…

.

當天晚上，允貞的家。

大門打開。

「我回來了！」入矢說。

允貞沒有說話，只是深深擁抱著他。

「你這個笨蛋！怎麼會變成了黑炭頭？！你去了哪裡？！你知道我們有多擔心你嗎？」允貞哭著說：「你一直也欺騙我們！明明你就可以跟我們說出你真正的身世！為什麼要自己一個人承受這些痛苦！」

「對不起，我……」入矢說。

允貞不讓入矢說話，因為，她的唇已經吻在他的嘴上。

這一吻，代表了……

「別要再離開我」。

賤種 Bastard 03

Chapter thirteen

兩天後。

停留二手漫畫店。

因為早前發生的事，漫畫店被人惡意破壞，所以高美子沒有開門做生意，今晚，也關上了大門。

這裡是我覺得最安全的地方，被漫畫包圍著是最幸福的事。

伊隆麥、凱琳絲、允貞、多明、賢仔、藝愛，當然還有我，今晚都在停留二手漫畫店。

他們知道我回來後，第一件事是……一起罵我，說我為什麼突然失蹤不告訴他們一聲？

臨走前我不是有發訊息給他們嗎？嘿，算了。

不過，他們知道我沒有發生任何危險，安全回來，也放下了心頭大石。

我知道他們很擔心我。

我離開的兩個月，多多少少都知道愛瑞食品集團發生了什麼事，因為在南美洲，大約每星左右我都會去到收到網路的地方一次，看看香港的新聞。

現在簡直是一團糟，伊隆麥說，一星期後就是董東大會，會進行董事罷免投票，到時愛瑞將會落入關支能那班人的手上。

不過，還好，我趕得切回來了。

「入矢，你這兩個月究竟去了南美洲做什麼？」多明問：「你快從實招來！」

「不只是南美洲，我還去了中美洲，瓜地馬拉、尼加拉瓜、巴拿馬、巴西、秘魯、智利等等地方。」我說。

「你去這些地方做什麼？」凱琳絲問：「是有關愛瑞的嗎？」

「嗯！一切都是為了你。」我指著伊隆麥：「我說過會幫助你，我沒有食言，這兩個月我們得到了『非常重大』的成果。」

「我不明白。」伊隆麥搖頭：「是什麼成果？現在愛瑞也快要被奪走了……」

「這方面你可以放心！他們不可能把愛瑞奪走！」我自信地說。

「為什麼？」賢仔問：「入矢已經想到了對付他們的方法？」

「正確來說，我已經掌握徐十候與關支能的『罪證』！」我說。

「什麼？你不是去了美洲的嗎？怎會……」允貞問。

「是什麼罪證？」凱琳絲說：「我跟隆麥在這兩個月也一直在找他們害死你朋友的那件事的證據，但我們卻沒有任何的進展。」

「當然沒有進展，他們不是這麼簡單就可以對付，而且球證、旁證、主辦單位都是他們的人，根本沒有人會把真相告訴你。」我說。

「你有他們什麼證據？」藝愛問。

我看著她：「這兩個月來，妳已經看清楚關支能這個男人了嗎？」

「你那時說得沒有錯。」藝愛點頭：「他只是重視他奪權的事，而我就是他其中一隻棋子，他現在已經不需要我了。我也有像伊總經理一樣，找尋他犯罪的證據，不過，沒法找到。」

「藝愛妳要小心九十分以上的人，不會是這麼簡單的。」我擔心她：「別要讓他知道你背叛他。」

「我知道的。」藝愛說：「而且……」

藝愛看著在座的人：「除了入矢，在場的人運氣指數，一直在下跌，而支能卻不斷上升，我不知要怎麼做。」

其他人已經知道藝愛擁有「運氣變化分數」的能力。

「放心吧，我回來後一切也會改變！」入矢咬牙切齒：「我手上有他的證據！我要來一次

大反擊！」

我把整件事的始末告訴他們。

所有在沽空股票最後自殺的人，都是吃下改良艾司佐匹克隆眠藥後死去，所以他們的死全都跟這種改安眠藥有關。

陳達萬得到了徐十候購入酒做掩飾，其實是購入了改良艾司佐匹克隆與安眠藥的證據。因為陳達萬公司電話被偷聽，發現了他知道了「真相」，所以陳達萬被殺。之後，我在公司的電話中得到了「偷聽器」，我叫鴨寮街達叔幫手調查。

達叔從不同的渠道，破解了偷聽器，知道了偷聽器傳送的地點，就是……愛瑞五角大樓的總經理房！

徐十候的總經理房！

「不會吧……真的是他？！」伊隆麥不敢相信，天天見面的人會是這麼心狠手辣。

「這證據足夠把他定罪？」賢仔問。

「不，因為他可以訛稱有某個人走入他的總經理房等等方法，去把罪名推卸到其他人身上。」我說：「有錢就可以收賣任何人，你們也知道吧？」

「那你說的證據是什麼？」藝愛問。

「達叔調查到的偷聽器傳送的地點未必可以把他定罪，不過，另一件事加起來就可以了！」我說：「把陳達萬本來想告訴我的證據加起來，就可以了！」

「等等，陳達萬不是沒有告訴你就死了嗎？為什麼你又知道他的證據？」允貞問。

「他不是沒有告訴我，而是……」我說：

「一早已經告訴我而我沒有發現！」

「什麼意思？」凱琳絲問。

「陳達萬在死前最後一次跟我通電話，他是說**『原來我手上有足夠的證據』**！」我拿出了手機：「他說是『原來』，即是在他一直調查的資料中，已經有某些證據，只是他之前沒有發現，然後在給我打出最後一次電話那時，才發現證據一早存在！」

手機上是我那天在陳達萬那間房間拍下的相片，貼在牆上、大白板上的剪報等等資料。

「我一直看著那些拍下來的相片，終於被我看到了『證據』！」我把手機的畫面放大：「在牆上貼

著一張單張。」

是一張影印本的宣傳單張，上面寫著「庫洛事藥廠」。

「我調查過，庫洛事藥廠在一九九六年已經倒閉，為什麼陳達萬牆上會有這一張藥廠宣傳單張？然後，我再深入調查。」我說：「原來庫洛事藥廠沒有真正倒閉，只是變成了地下藥廠，販賣一些禁藥。」

「販賣改良的艾司佐匹克隆？」允貞說。

「沒錯！」我給她一個讚的手勢：「其實購入紅酒再購入改良艾司佐匹克隆通通只是掩飾，真正買入這種藥，是真接在這間藥廠購買！」

「原來如果，用紅酒掩飾買藥，其實也只是掩飾。」多明說：「現在是雙重掩飾！」

「對！這樣，就算我們調查到紅酒那邊，發現是他們用紅酒購入這種藥，也只是只會中了他們的陷阱，被他們誤導。就算再追查下去，因為他們已經一早準備好，一定不可能找到任何證據。」我認真地說：「這種『雙重掩飾』方法很高明，我只想到一個人會想出這個計劃。」

「文能。」藝愛說。

「沒錯，一定是他跟徐濕九在合作！」我說。

「現在你手上有的證據……」允貞在思考著：「從徐十候經理房接收偷聽的證據，另外是用上改良的艾司佐匹克隆安眠藥自殺的死者……」

「等等，就算你調查到庫洛事藥廠有這種藥出售，也不代表是徐十候買下吧？」伊隆麥問。

「嘿嘿，我離開的這段時間，伊總你怎麼好像變聰明了？」我對著他奸笑：「我當然有證據，而且可以讓徐十候墮入萬劫不復之地！不過，就要你幫忙了。」

「我？」伊隆麥指著自己。

「錢。」我笑說：「我們這裡的人也沒有的東西。」

「入矢，你別要這麼直接吧！」允貞說。

「我說是是事實呢？我已經在上星期聯絡到『庫洛事藥廠』的其中一位在香港區賣藥的員工，他手上有他們賣藥的資料。」我說：「要他出賣客戶的資料，當然是要錢來換。」

「沒問題，要多少？」伊隆麥爽快地說。

「一百萬美金，要現金。」我說。

「琳絲，準備錢。」伊隆麥說。

「沒問題！」

「太好了！這樣就可以在董事會之前，得到他們欺騙犯罪讓人自殺的證據，只要有這些證據，那些賤種投資公司與及有份參與的人，一定會互相推卸責任與指責，最後，就會把全部事情供出來！」我高興地說。

「你何時跟那個人見面？」凱琳絲問。

「後天，葵涌貨櫃碼頭！」

兩天後，我家中。

「哈，沒想到一百萬美金都有點重量。」我提起銀色公事箱。

「你真的不需要我們陪你去嗎？」允貞問。

「對！我可以跟你一起去！」多明說。

「我也是！」賢仔說。

「不，對方說要我一個人去。」我笑說：「別怕，完全沒有危險，給他錢，然後我得到他們的犯罪資料，就這樣交換。」

「不過，如果……」

允貞想說下去，然後我用手指擋在她的唇上：「別再說了，親愛的，相信我。」

「你們真的很肉麻！」多明說。

我們一起看著賢仔。

「怎樣了？哈哈！我已經不介意了，我已經有新的目標！」賢仔傻笑。

「真的嗎？是誰！」允貞說。

「暫時不告訴你們！」賢仔說：「她叫我先別要跟你們說。」

「她？」允貞奸笑：「你說『她』，即是已經跟她開始發展關係了，快說啊！」

「對對對！你怎可以掉下我這個單身狗！」多明生氣地說：「快說是誰！」

「不說啊！」

看著他們又熱鬧起來，我也苦笑了。

有時快樂，就是這樣簡單，或者我們不是很有錢，不過至少我們……

「窮得快樂」。

好吧，入矢，今天會是最美好的一天！

……

…

.

我駕車來到了葵涌貨櫃碼頭。

在跟「他」約好的地點，因為工人已經下班，沒有其他人，只有貨櫃，很適合交易。

我早到十五分鐘，我坐到了石壆上看著對著貨櫃碼頭對出的海。

這是最後機會了，如果我沒有猜錯……**他一定會出現。**

這次南美洲之旅，我有很多的領悟，在鄉村地區，我遇上很多人渣成分指數很低的人，我甚至看到比修女更低分數的人存在，他們很窮，不過臉上都總是掛上笑容。

在我生活的香港，身邊每十四個人之中就有一個人渣，人渣通街都是，不過，在那裡，我甚至幾天也沒見過一個高過七十分的人。

就因為這樣，讓我領悟到，我們香港人生活得有多痛苦，為了成功、為了上進、為了買車、為了買樓，為了讓別人覺得自己是成功幸福的人，每天都在出賣自己的靈魂。

為了錢、為了權，我們都變成了不肯承認，只會說別人是人渣的「人渣」。

最悲哀的是，我們已經不能回到「單純」的世界。

我們都沒法回到一個像小時候一樣，臉上都總是掛上笑容的時代。

就在我思考人生之際，我聽到汽車的聲音。

他來了。

一輪勞斯萊斯停泊在路邊。

勞斯萊斯？有點不對勁。

然後「他」走了下車……

怎……怎會是「他」？！

「哈哈哈！是不是很驚喜？是不是很意外？哈哈哈！」他對著我瘋狂大笑。

我完全說不出話來……

他是……徐、十、候！

為什麼會是他？！

「沒想到你竟然查到庫洛事藥廠，入屎，我真心讚賞你！」徐十候走向我：「不過，知道真相又如何？你也知道陳達萬的下場吧！」

還有他兩個手下，一起走向我！

「陳達萬真的是你殺的！」我非常憤怒。

「沒辦法，你們都太多事了，我們賺錢，你們來騷擾我幹嘛？阻人搵食猶如殺人父母！」徐十候看著我手上的銀色手提箱：「你手上的一百萬，我要定了！」

「你怎麼知道的？！」我非常驚訝：「你怎會知道我交收地點？！」

「你說呢？嘰嘰嘰。」徐十候站在我面前：「我忘了跟你說，其實我一點都不貪錢，我大把錢！當然，有錢賺是最好，不過，比起錢我更喜歡……」

徐十候的表情變得非常猙獰。

「我更喜歡踩死螞蟻臭蟲的快感！無論是你！還是你朋友，都是地下的臭蟲！我一腳踩下去！嘩！爽呀！」

「你這人渣徐濕九！」

我想捉住他的衣領之時，他的兩個手下走過來一左一右把我制伏！

「啊？你還想怎樣對付我？我一直也看你不順眼，你總是在破壞我的好事，死臭蟲！」徐十候一巴打在我的臉上：「什麼以下犯上？你有什麼資格？入屎，你去吃屎啦！你只是一個姦殺犯的兒子！」

「放開我！放開我！你這個賤種！死賤種！」

「對對對！我是賤種！我喜歡這個名稱！但我是賤種你又耐得我何？他還是被我一腳踩死！臭蟲！」他用手指指著我的額頭：「就像那個什麼溫濤鴻一家一樣，他們自殺後，保險都要用來給我還債，我又多一筆錢用來玩女人！你耐得我何？你吹得我漲？」

「全部都是你的計劃？」我不禁搖頭。

「當然！」徐十候囂張地說：「回想起來，其實也不是我的問題！都只怪那些又貪又蠢的地底泥臭蟲，他們才會中計，根本不是我的問題！」

「吐！」我用口水吐他：「你去的！溫濤鴻一家是無辜的！是你把他們害死！」

「媽的！」徐十候一拳轟在我的肚皮上：「吐口水？真是一條噁心的臭蟲！」

我痛苦得低下了頭，他用力捉住我的頭髮把我的頭抬起！

「我本來可以在這裡一槍把你打死，不過我最喜歡就是虐待臭蟲！我不會讓你這樣死去！」徐十候好笑：「我會先割下你的JJ，然後把它窒入你口中，等你嚐一下自己春袋的味道！」

「人渣！」

「你說他們是無辜？很好很好，哈哈！但殺死你之後，我把你身邊的人一個一個虐、待、至、死！看看他們是不是無辜！」徐十候露出一個凶狠的眼神：「想起也興奮！想起也勃起了！」

「你果然是他媽的人渣中的賤種！賤種中的人渣！」我已經憤怒到極限。

我已經不知自己的表情有多扭曲，我只想在這裡把他殺死！

五馬分屍！

「人渣也好、賤種也好，隨你怎說吧！吃春袋的人又不是我！哈哈！你就罵吧！」徐十候說：「抓他上車！」

「等等！」我大叫。

「真的是花樣多多！臭蟲你又想怎樣了？」徐十候不滿：「回去後，你慢慢再跟我說也未遲，啊？不不不不，塞著春袋的嘴不能說話啊！哈哈哈哈！」

「你過來，走近一點！」我的眼裡有火。

「你在這時還要耍帥嗎？你想說什麼？我就聽聽，哈！」徐十候把臉貼在我的臉旁邊。

「你記得我說過嗎？」我的臉完全扭曲，一字一字吐出一句。

「賤、種！我、有、仇、必、報！我、要、你、比、死、更、難、受！」

「你這個鍾入屎，死到臨頭還要拿個尾彩嗎？」他說。

「出來！」我大叫。

「你說什麼？」

「快他媽的出來！」我繼續大叫。

就在我大叫後不到數秒……

我對著他奸笑說。

「濕九，如果要比『賤』，或者……我比你更賤！臭濕九！」

賤種 Bastard 07 Chapter thirteen

「全部人舉高雙手！別動！」

我說完話後，一群人從貨櫃的後方蜂湧而至！

「我是MESUS特別行動組高級警員*宋幸哉！現在懷疑你們跟多宗騙案與殺人案有關！跟我們回到行動組協助調查！」其中一個男人大聲說。

特別行動組的警員全部用槍指著徐十候與他兩個手下！他們只能舉起雙手！

「發生……發生什麼事？」徐十候驚魂未定。

然後，我從衣袋中拿出一個收音咪：「沒什麼，就是你承認了所有罪名而已！」

「怎會……怎會這樣？」

他完全不敢相信，前一秒他才用盡惡毒的說話侮辱我，下一秒他已經反過來被多把手槍指著！

「你說我是臭蟲嗎？那你一定是臭蟲下那一堆屎！賤屎！」我目露兇光：「你這賤屎，現在報應來了！你不只是比死更難受，而是**永**、**不**、**超**、**生**！」

「我要找律師！」徐十候大叫。

「回去後慢慢你找吧！走！」另一位警員說。

徐十候一臉茫然，警員把他們三人押上警車。

那個穿上OPPA大褸，一點都不像警員的警員宋幸哉，走了過來。

「鍾生，謝謝你這次合作行動。」他笑說：「不過，你應該一早叫我們出來，那就不用捱他的一拳。」

「嘿。」我把手上的收音咪還給他：「所有證據你們都收到了，之後的事就麻煩你。」

「當然，不過你也要跟我們回去警署錄口供。」他說。

「沒問題，但可以多等我一會嗎？五分鐘。」我問。

「可以。」他給我一個OK的手勢：「對，鍾生，我有一件事想跟你說。」

「是？」

「就算你是殺人犯的孩子……」他笑說：「你還是你。」

我沒有回答他，我只對著他苦笑。

我當然明白他的意思。

跟宋幸哉說完後，我走到貨櫃碼頭對出的大海，然後從銀色手提箱出拿出一樣東西。

一本缺頁的《幽遊白書》。

然後，我拿出了火機把漫畫燒掉。

「濤鴻，我終於替你一家找出真相，雖然我也捱了一拳，嘿。」我眼睛泛起淚光對著海說：「你們在天上要好好生活下去，或者，那裡比醜陋的社會更適合你們生活。」

沒有人回答我，只有風。

我看著日落的海面，我知道，濤鴻是聽到的。

濤鴻曾經說過「回憶永遠也是最美好的」。

在此時此刻，我終於深深地體會到。

我跟你一起閒聊漫畫的回憶，永遠都不會忘記。

一世也不會忘記。

……

…

.

完成我的事後，我跟宋幸哉回到他們的行動組。

究竟發生了什麼事？

跟我交收的那個人去了哪裡？

為什麼我會知道徐十候出現？

為什麼會有 MESUS 警員出現？

一切，都是我的「計劃」。

一切，都因為我相信「愛」。

我相信，愛一個人，無論他是一個怎樣的人，無論他是人渣、賤種、禽獸什麼也好，都會無條件地繼續愛他。

人類就是這一種奇怪的生物。

我相信這樣的「愛」。

*宋幸哉，《戀上十二星座》角色，詳情請欣賞孤泣另一作品《戀上十二星座》。

最後計劃

Chapter fourteen

Ending

最後計劃

Chapter fourteen Ending 01

那天，西半山獨立式住宅。

「對付完他們以後，把他們趕走以後，不要再傷害任何一個人，可以嗎？」藝愛問。

「當然。」關支能說：「我只是為我們的未來而一起前進。」

「好吧。」藝愛說：「我相信你。」

對於一個女人，最重要的是什麼？當然是未來的生活。跟這樣成功的男人一起，藝愛已經決定永遠留在他的身邊。

愛的力量，是世界上最大的力量。

「我要怎樣做才讓他們決裂？」藝愛問。

然後，關支能說出了酒店房的計劃。

「但這樣……」藝愛說：「那個賢仔不會是這樣的人，他們未必會相信。」

「我就是要他們不相信。」關支能摸著她雪滑的手臂。

「什麼意思？」

「我要他們拆穿妳，然後要他們知道妳是我的女人。」關支能說。

「為什麼要這樣做？」藝愛很驚訝。

「因為我要他們完全相信妳。」關支能解釋：「我覺得那個入矢開始懷疑妳，那正好，我要他把我的計劃揭穿，然後妳告訴他們一直在幫助我，讓他們以為妳已經改邪歸正，協助他們對付我，其實，真實的妳繼續為我提供情報。」

藝愛在考慮：「這樣……」

「這是一場局中局，他們以為妳會為他們變成『雙重間諜』，其實，妳一直也是站在我這邊。」關支能吻在她的手臂上：「親愛的，妳會幫助我嗎？」

藝愛看著關支能的眼神，看著他邪惡的眼神。

卻是她自己最深愛的男人。

「好，我就依然你的計劃去做。」

「我愛妳。」

他們來了一場濕吻，浪漫的濕吻。

藝愛明知關支能是一個邪惡的人，她還是會選擇幫助他。

愛一個人，無論他是一個怎樣的人，無論他是人渣、賤種、禽獸什麼也好，都會無條件地繼續愛他。

因為「愛」超越了一切。

而入矢，知道這一種「愛」。

無論入矢之後怎樣跟藝愛說出，關支能是利用她也好，藝愛還是會愛著這一個壞男人。

入矢相信世界上有這一種「愛」。

相信藝愛就是這樣的一個女人。

第二天，停留二手漫畫店。

我、允貞、多明、賢仔都在，而伊隆麥與凱琳絲因為徐十候被捕，現在正處理愛瑞的事，沒有到來，不過我已經全部跟他解釋清楚。

「沒錯，藝愛把我們的事，全都告訴了關支能。」我說：「當然關支能是跟徐十候是一伙的，徐十候也會知道。」

「沒想到……藝愛會騙了我們一次又一次！」允貞說。

「如果我是關支能，妳是藝愛，為了深愛的男人，妳會不會這樣做？」我反問。

允貞沒法立即回答。

「這就是答案了。」我說。

「入矢，你一早已經知道藝愛一直欺騙我們？」賢仔問。

「嗯，我是知道的，所以才會想出跟庫洛事藥廠員工交收的計劃。」我說。

「庫洛事藥廠那個人呢？」多明問。

「根本就沒有庫洛事藥廠的人會跟我交收，我是在……說謊。當然，謊言要真實，就要用一點『道具』，前兩天我問伊隆麥借來的一百萬，就是想讓我的『謊言』更真實。」我解釋：「然後讓藝愛告訴他們。」

「真的是太真實，我們都被你騙了！」賢仔說。

「其實他向『庫洛事藥廠』買入藥品是真有其事，我從陳達萬留下的資料中查到。不過，我根本沒有實則證據，所以才會引他們出來，他就會當面被捕！」我說。

「但你又怎會知道徐十候會來呢？」允貞說。

「好問題。」我給她單單眼。

「我不能說完全知道，最初我以為關支能也會一起來，但沒有。」我說：「多明，你記得我說過嗎？當時陳達萬死去時，你們都擔心我有危險，我反而說我暫時沒有生命危險。」

「我記得！」多明說。

「我知道他們的心理，他們要打敗我之後，才會殺我。」我說。

「因為他們是好勝的人渣！」多明說。

「沒錯，我是殺人犯的兒子這件事，讓我離開了愛瑞，他們覺得已經把我完全打敗。」我說：「所以當我想出這次的計劃時，我知道他九成會真身出現對我耀武揚威一番，因為這就是人渣賤種深處的陰暗性格，他最想親眼看著我死去。」

「原來如此。」

「當時你被說成是殺人犯的兒子離開愛瑞，都是你的計劃？」允貞問。

「可以說是將計就計吧，他們用什麼方法對付我，我就配合他們。」我微笑：「其實對我來說，那件事已經過去了，我只會當是人生其中一段痛苦的回憶、一段讓我成長的回憶。現在我有你們幾個好朋友，不就已經很好嗎？」

「當然！我永遠是入矢的好朋友！」賢仔說。

「不過，回來後我所做的訪問內容，都是真實的。」我說：「都是我一直以來，埋藏在我內心的說話。」

「我們明白你的！」多明拍拍我的肩膊表示鼓勵。

「謝謝。」我說：「這場仗還未打完，我還要幫助伊隆麥挽回失去的一切。」

「你到現在還未說，失蹤了兩個月究竟做了什麼！」允貞說。

「嘿，一切都是為了……『未來』。」

「未來？」

數天後。

本來舉辦的股東大會被迫取消，我估計完全沒有錯，他們那群人渣為了脫罪、為了自己，全部人都互相供出大家的犯罪資料。

人渣要合作，只會建立在互相有利益的前題之下，當出現了問題，人渣只會選擇出賣對方。

以徐十候為首，所有涉及股票欺詐案件的人與機構，通通都逃不過自己的罪行，包括了鄧貴佳與鄧鐵平的太太。當然，股東們不會再相信他們，他們才不會把自己的錢交到這班人手上，而伊隆麥暫代董事長一職，到愛瑞食品集團回復正常後，再從新選出新的董事長。

有一件事，我是從來也沒有想過。

就是張岸守。

他沒有在任何可以奪權的情況之下出手，他甚至幫助伊隆麥重整集團，我真的沒想到，人渣成分指數會是一條加數，一百零一分加二十八分再除以二，兩個人平均就等於六十四點五分，等於六十四點五分，剛好未到人渣的分數，同時也不會太過低，這對整個集團來說，可能會是一件好事。

當然，我還是跟伊隆麥說要小心一百零一分的張岸守，不過，他竟然跟我說。

「人是會改過自身！我相信他！」

嘿，我說他是笨蛋？還是太天真？不過，算了，他就是一個這樣善良的人。

徐十候一干人等被捕，但有一個人，他只是被停職，就算徐十候背叛了所有人，他也沒有得到法律的懲罰。

沒有任何實質的證據可以把他起訴，的確，不能不佩服他的能耐。

他就是關支能。

關支能連同藝愛再沒有出現，同時，也沒有人知道他們去了哪裡。

三個月後。

電視台的新聞訪問專輯。

「真的！本來醫生說我只餘下一個月命，不過我吃了他們出品的食品後，現在已經過了三個月，身體愈來愈健康！」一位病人說。

「謝謝你的訪問。」女主持人說：「這不是單一個別的例子，最近不斷發生這樣的『奇蹟』，我們找到了早前鬧得火紅紅的愛瑞食品集團其中一位營養師接受訪問。」

鏡頭一轉，來到愛瑞食品集團的食品研究所。

「請問你們是用了什麼食材製作食物？」主席人問。

有一個男人正接受訪問，他穿上了西裝，梳了一個ALL BACK頭，完全認不出他本來是在天橋底露宿的露宿者，他是……何大福！

「商業秘密。」何大福笑說：「哈哈！說笑說笑，其實我是一位植物學家，我們在南美洲找來不同的Super food健康食品，比如瓜地馬拉共和國的奇亞籽、巴塔哥尼亞地區的馬基莓、巴西亞馬遜的巴西莓，還有椰子油、蘆薈、藜麥、苔麩等待不同的健康植物食品，然後經我們特別的加工與烹調方法，才會有這些比Super food更有營養價值的食品出現，甚至有醫療的作用，我們稱之為『Doctor food』！」

「原來如此！聽說很多醫院都採用了你們的Doctor food食品，甚至是患有絕症的人也沒有病死，真的是這麼神奇嗎？」女主持問。

「唔，我看妳還有七十歲命。」何大福說：「哈哈！說笑說笑，我們出品的『Doctor food』食品除了對病人有好處以外，還可以當平時的主食，有助減肥、消脂、美顏、抗衰老、抗氧化等等不同的效果，我們將會開辦更多『Doctor food』的食店，而且還會在不同的菜系中加入Doctor food食材，比如湘菜、意大利菜，甚至是漢堡包與甜品等等，還有不同的包裝食品，會在全球的超市中售買，到時妳也來光臨，我給妳打個折！哈哈！」

「真的嗎？美顏、抗衰老？這麼有功效？太好了，我一定會多來你們的食店！」女主持高興地說。

「還有一件事，我們的食品都是一些便宜的植物食材，不會像什麼山珍海味、燕窩、魚翅、花膠等等補品一樣昂貴，而且不用殺生也可以得到同樣的效果，很適合現在社會講求的多菜少肉食法。」大福說。

「我相信現在的都市人都很喜歡這些植物食品！」主持人說。

看到這裡電視關上。

停留二手漫畫店內。

「沒想到大福你的口才這麼好！」允貞毫說。

「沒有！沒有！」大福在傻笑。

「他不知道練習了多久！當然口才好！」我笑說。

「別踢爆我呀！」

我們研究的Doctor food真的可以治療絕症病人？當然不是吧。

這是我的計劃之一。

因為大福可以看到別人的壽命，我們找來了一些醫生說不會活得長久，患有絕症的人試食我們的Doctor food食品。這些人都是我們精心挑選過的，大福看到他們的壽命都還有很長，根本就不會短期內死亡，所以才會出現「醫好絕症」的說法。

沒錯，我們當時到南美洲找尋健康的植物食品，就是因為這個「計劃」。

「不過，這樣不是在欺騙別人嗎？」多明問。

「錯了，正好相反。」我搭在大福的肩膊上：「我們是給他們希望，給絕望的人一個希望。而且我們的植物食品的確很有營養，總好過食垃圾食物。」

大福一生中，看到無數人的壽命，讓他變得絕望，失去了對生命的期盼。他從來也沒想過，現在可以給人「希望」。

他利用自己看到別人的「壽命」能力，反而去幫助更多人，你說，是不是很有意義？

沒錯，大福不是一個宿舍者，他是絕望的人心中的……

「救世主」。

我們在欺騙別人嗎？

或者我們真的是這樣，不過，我們卻是說出「善良的謊言」。

「放心吧，我看過你們的壽命，再過五十年也不會死！哈哈！」大福說。

「太好！我很長命！」賢仔高興地說：「入矢，你想到我們新的『Doctor food』食品店叫什麼名嗎？」

「已經想到了。」我跟他們好笑。

「就叫……『希望成分指數餐廳』！」

我們要在這人渣當道的社會中，給人更多的「希望」。

4 LDPE 5 PP 6 PS 7 OTHER

和養醫院。

今天，我要見一個人。

愛瑞食品集團的前董事長鄧鐵平。他身體沒有轉好，還臥病在床，今天我跟伊隆麥一起去見他，不，應該說，是他跟伊隆麥說，想見我。

「爸爸說要見你時，我也很愕然，不過，我想他是要感激你一直的幫忙。」伊隆麥說。

他不再叫董事長，而是叫爸爸。

「是這樣嗎？哈哈！我也只是出一分力而已。」我笑說。

最初，我很討厭這個壟斷市場的集團，不過，當我第一次見到鄧鐵平，他的分數就只有四十八分，我就開始明白，他不是什麼大奸大惡的人，只是他的屬下有問題。

當然，如果沒有他的食品集團，也不會有「希望成分指數餐廳」，任何事都有兩面，他們壟斷市場或者是錯，不過，卻可以投入大量的資金去幫助我們的餐廳，去幫助有需要

的人。

什麼是人渣？

什麼是善良的人？

或者，都只差一線。

我們來到了鄧鐵平的私家病房，沒想到，除了董事長外，還有一個人……一百零一分的張岸守！

「來了嗎？請坐。」鄧鐵平說。

他比我想像中健康，不似一個患了大病的人。

「好的，董事長。」

「還叫我董事長？」鄧鐵平笑說：「以後就改口叫隆麥做董事長了。」

「不！我只是暫代你的位置，爸爸你還是愛瑞的董事長！」伊隆麥說。

鄧鐵平只是對著他輕輕一笑，他明白這個兒子從來也不會爭名奪利。

「入矢，謝謝你幫助隆麥，你不只是提升百分之五十的營業額，你還把我的愛瑞奪回來。」鄧鐵平說。

「沒有沒有！我只是做我的份內事，哈哈。」我尷尬地說：「我答應過伊總幫助他，就一定做到底。」

「其實岸守一直在暗裡幫助我的，我們一早已經知道關支能他們的野心。」

「原來……」我完全沒有想到。

「如果不是岸守，愛瑞可能在更早之前已經被吞併。」鄧鐵平說。

張岸守一如以往沒有說話，只是跟我點頭。

我終於明白，只有四十八分的他，是如何去開創整個集團，他需要的是「有能力」的人幫助，說白了，他需要「賤種」的幫助。

「來吧，跟我出露台，我有話想單獨跟你說。」鄧鐵平走出了露台。

「是！」

私家病房的風景很美，很適合患病的人入住。

「謝謝你一直以來幫助伊隆麥。」鄧鐵平說。

「別要這樣說……」我有點尷尬。

「我想你留下來繼續幫助伊隆麥，就像岸守一樣，一直幫助我打江山。」他看著遠遠的山景說。

原來是這個原因找我，或者，他這麼多年的人生之中，已經看懂了其他人的心。他看懂我完成我的任務後，想離開的「心」。

「董事長，其實我想在一切轉好後請辭。」我說：「因為我自己還有一間二手漫畫店要經營。」

「還是你不太喜歡爭名奪利的日子？」他一眼就看穿我了：「跟隆麥一樣，嘿，不過，他沒有得選擇，而你有。」

「董事長你明白就好了。」我也看著露台外的風景：「有些人，只想過著平淡的生活。」

「我記得第一次見你時，你說過得那番話——為什麼要繁榮？簡簡單單的生活與生存下去，不是更好嗎？」他說：「我明白了，就如伊隆麥的媽媽一樣。」

「不過，如果可以的話，我還可以幫助伊隆麥做『福利專員』，為低下層的員工謀求福利。」我笑說：「當然不是全職吧，哈哈。」

鄧鐵平看著我說：「入矢，一直以來，謝謝你。」

我給他一個讚的手勢。

其實，我也不是為了鄧鐵平，也不是為了愛瑞食品集團，由始至終，我都只是想為濤鴻找出真相。

鄧鐵平要多謝的人，根本就不是我，而是濤鴻。

死了的人沒法看到分數，不過，三十二分的濤鴻卻幫助了四十八分的鄧鐵平。

濤鴻讓人渣分數低的人，贏了高分的人。

贏了這一場仗。

「我不知道要怎樣報答你，或者是我多事吧，我早前決定了替你找人翻查調查。」鄧鐵平說：「我認識很多前警長，雖然他們已經退休，不過，他們調查的資料與報告還在。」

他在衣袋中拿出一封焊了印厚厚的信件。

我看著信件上面寫著……「鍾光迅調查報告」。

是我父親的報告。

「要不要看就由你自己決定，不過，我想你也想知道殺害父母故事背後的真相。」鄧鐵平說：「或者，當年你年紀還小，什麼也不懂，不過現在你已經長大，你父親為什麼要殺死雙親的真相，我覺得你是有權知道。」

我看著這封信，手也在震。

最後計劃

Chapter fourteen Ending 05

兩個月後。

停留二手漫畫店。

我已經回到漫畫店工作，而且還租下了隔籬的舖位，把二手漫畫店擴充了。高美子繼續幫我工作，還有……她。

「入矢！這位先生想找一部漫畫，故事內容是有一隻寄生蟲走入了男主角的手臂……」

「《寄生獸》！」我已經知道她說哪套漫畫。

「對！是《寄生獸》！」男人說：「我忘了名稱！」

「人類之所以會去照顧其他生物，是因為他感到空虛；之所以會想保護環境，是因為他不想被環境毀滅。」我想起了《寄生獸》最終話的內容：「最終話超有意思！」

「老兄，你別要劇透啊！」男人說：「我要全套買下來看！」

「除了岩明均的《寄生獸》，還有一套叫《破壞獸》也蠻不錯的！」

我跟男人又聊起漫畫來。

她看著我，笑了。

一個很燦爛的笑容。

男人買走漫畫後，她走了過來。

允貞走了過來。

她已經辭了愛瑞的工作，現在來二手漫畫店幫我手。

「怎樣了？妳剛才在笑什麼？」我問。

「我笑是因為我覺得你很幸福。」允貞說。

「我很幸福？」

「每天都可以跟志同道合的人聊天，而且又可以自己的興趣為生，不是很幸福嗎？」允貞莞爾。

「是嗎？」我雙手把她抱起。

「喂呀！你想怎樣了？」

「我更幸福的是……有妳。」我笑說。

「我也是，嘻。」

「你兩個肉麻死了。」此時，高美子走了過來：「有人寄了本漫畫書來漫畫店，我打開來看了，好像是給你的。」

「漫畫書？」我放下了允貞：「是什麼漫畫？」

「《詐欺遊戲》。」高美子給我看。

「什麼？！」

我立即揭開那本《詐欺遊戲》，整本書已經被刀之類的東西穿過，在其中一頁中有一張書籤，我記得這本就是我給藝愛看的那本漫畫！

在書籤上，寫上了一個地址，一個西半山區的地址，還有一句文字——

「今晚，一個人來」。

如果我沒有記錯，這個地址應該就是關支能住所的地址，我曾經也有調查過。

「入矢發生什麼事？」允貞問。

「看來……還未完結。」我認真地看著這本漫畫。

……

…

．

西半山區。

我駕車去到書籤上的地址，我沒有讓允貞他們知道書籤上是寫上地址，我不想再讓他們墮入危險之中。

我在想，會不會又是藝愛跟關支能合作想對付你？這也是陷阱？

我有想過報警，不過問題是我報警說什麼？說有人寄了一張書籤過來嗎？而且，警方一直也沒法把關支能定罪，我想就算報警也沒有作用。

其實我內心只是在擔心藝愛，這幾個月他們兩個人也像人間蒸發一樣，究竟發生了什麼事？藝愛會不會有危險？

雖然藝愛一直也在欺騙我，不過，她卻是我人生中第一個遇上跟我一樣有「能力」的人，而且她根本不是一個壞人，只是「愛」讓她蒙蔽了雙眼。

我還是擔心她的安危。

我來到了那個地址，在我們面前的是一間獨立式房屋，感覺很古色古香，像多年前的建築。

「好吧，進去吧！」

＊《寄生獸》，岩明均作品，一九九零年至一九九五年，全十卷。
＊《破壞獸》，本田真吾作品，二零一一年至二零一八年，全二十一卷。
＊《詐欺遊戲》，甲斐谷忍作品，二零零五年至二零一五年，全十九卷。

一個人渣成分指數九十分的人，他絕對不會甘心輸了給我。

我知道他一定會再出現，想再次跟我「下棋」……再次跟我對決。

我按下門鈴，沒有反應。

然後，我隨手扭一下門柄，大門打開！

「沒有鎖。」我在自言自語。

單位內燈火通明，沒有什麼異樣，我大叫：「藝愛！妳在嗎？我來了！藝愛！」

我走過了一道走廊，來到了大廳。

「怎……怎會？」我非常驚訝。

在大廳的沙發上，坐著一個被綁著的人，這個人是……張岸守！

我立即走到他前方，把塞在他口中的沙布拿走：「為什麼你會被綁在關支能的家中？」

「入矢！快逃！」張岸守說。

我從來沒見過目無表情的他，出現這麼緊張的表情！

「發生什麼事？」我完全搞不懂現在的狀況。

「關支能！他引我來到他的家！」張岸守汗流浹背：「然後把我打暈！我醒來已經被綁著！」

這樣說……難道藝愛給我的書籤也是引我來？

「他……他知道我其實一直協助董事長，他想引我來，然後對付我！」張岸守緊張地說：

「你快逃！他可能也想對付你，他手上有槍！」

「不會吧……」我搖頭。

「他已經瘋了！因為我們把他多年的計劃破壞，就算他已經逃脫了罪行，他還是想贏我們！這種人，什麼也可以做得出來！」

沒錯，張岸守跟我的想法一樣，關支能絕對不會甘心輸了給我！

「我先把你鬆綁！」我說。

「呀！」

就在此時，我聽到一把女聲在大叫！

「支能！不要這樣！求求你不要！已經夠了！」

藝愛從房間走出來，她一直向後退……

關支能就在他的面前，他手中拿著一把手槍！他的人渣成分指數，已經由九十分升到了九十五分！

「藝愛……妳先聽我說……我是很愛妳的……」

關支能很明顯是喝醉了！

「夠了！我不會再愛你！不會！」藝愛淚流滿面。

「妳先聽我說……」關支能就像一個生意失敗的男人，頭髮凌亂，滿面鬚根。

「地牢……地牢……原來你一直做著這麼過分的事！」藝愛不斷搖頭，然後她走向了我們：「入矢！」

「鍾入矢？」關支能用槍指向我：「為什麼……你會在我家裡？！」

「不要！支能！」藝愛躲在我的身後。

「你……先冷靜！」我說：「先放下槍！」

「都是你！都是因為你！把我所有的東西都奪走！」關支能眼神變得兇猛：「你有仇必報嗎？你要我比死更難受嗎？現在我就是比死更難受！你滿意了嗎？」

我腦袋一片空白，完全沒聽到他的說話，只因他的槍正指著我！

我眼尾看到在茶几上一個威士忌瓶，如果他真的要殺我……

就在我猶豫之際，藝愛比我更快走到茶几的方向！她拿起了那個威士忌瓶，用力打在關支能的頭上！

「妳……」關支能倒在地上，手槍脫手，血流披面。

「為什麼要利用我！為什麼！」藝愛再用玻璃樽打他的頭：「為什麼要一直欺騙我？！」

她沒有停止，一直打在他的頭上，血水飛濺！

我看呆了。

藝愛一直以來的憤怒，通通一次過爆發！

「藝愛……」我清醒過來：「藝愛……停手！停手！」

我快速走到她位置，捉著她的手臂！

「我……我……」藝愛滿臉血水，目光呆滯。

「沒事了！別怕……沒事了！」

我把她抱入懷內，她立即大聲哭泣！

我看著已經一動也不動的關支能，臉部已經被打到完全變形，躺在血泊之中。

比死更難受嗎？

也許，他在臨死前，真的明白什麼才是真正的「比死更難受」。

此時，藝愛指著遠方的一道門。

「那……那裡……有人……」

有人？

我看著鐵門的方向，全身也起了雞皮疙瘩。

兩星期後。

警方在關支能死去的那天，發現了一個地牢，地牢中被關著一個十多歲的少女，救出她時，她骨瘦如柴，而且完全不懂說話。少女見到其他人時，就像見到怪物一樣瘋狂大叫，可想而知，她被一直困在地牢時，受了多少的苦。

藝愛在不久前，才發現了關支能一直禁錮這個少女，她完全沒想到一直深愛的男人會做出這種事，她這次真正的徹徹底底死心。

法院判決藝愛自衛殺人作為合法辯解，當然，我也是證人，當時關支能手上的確是拿著手槍，有殺人的動機。

寄給我的漫畫，是由關支能寄出，地址也是由他寫上，警方懷疑是引我來到他的住所，然後想殺人滅口，而張岸守也是關支能的目標之一。

在關支能解剖報告中，發現了改良的艾司佐匹克隆藥物成分，少量的艾司佐匹克隆藥物有迷幻的

成分，當然，還有酒精，所以讓他出現了精神錯亂。

因為禁錮少女事件，媒體大眾一面倒譴責關支能的所作所為，更讚揚藝愛的勇敢。

殺人，成為了英雄。

殺死了一個「賤種」，成為了市民的英雄。

沒想到，關支能最後的下場會是這樣。

藝愛最後也把深愛的男人……殺死了。

沒有什麼結局會比現在更可悲，或者，這是上天懲罰藝愛的方法。

今天，我跟允貞約了藝愛見面。

已經過了兩星期，她的心情也平復了過來，而我們幾個也原諒了她，怎說，其實藝愛最後也是最痛苦的受害者。

「允貞，過兩天我們去逛逛街血拼！放鬆一下心情！」允貞說。

「好的，謝謝妳陪我。」藝愛微笑。

「不用客氣！」

「藝愛，我聽大福說，他找到一個可以看到動物分數的女人，她說世界上所有貓都是八十分以上，哈哈！」我笑說：「找天我們一起去跟她聊聊天吧！」

藝愛點頭：「好的，我也想在我離開之前跟她見見面。」

「離開之前？」我皺起眉頭。

「我決定了未來日子暫時離開香港，去歐洲旅行。」藝愛說。

「這決定不錯啊！就當是散散心！」允貞說。

「妳會跟誰去？」我問。

「我會一個人去，去不同的歐洲景點，欣賞這個世界。」藝愛微笑。

「到時記得拍多些相片！」允貞高興地說：「放上社交平台讓我們看看！」

「好的。」

兩個女生繼續她們的話題，我看著藝愛，她的表情還是有半分的憂傷，其實我想跟她說不如留下來，因為有我們這些朋友一起陪伴她，可能會更好，不過，她好像已經決定了。

算了吧，離開一下香港也是好事，如果是我，或者我也會這樣選擇。

「藝愛，如果去到歐洲有什麼事，記得第一時間聯絡我們。」我說。

「我知道的，謝謝你一直的幫忙。」她對著我微笑。

這是我跟她的最後一次對話。

以後的日子，我再也沒見過她。

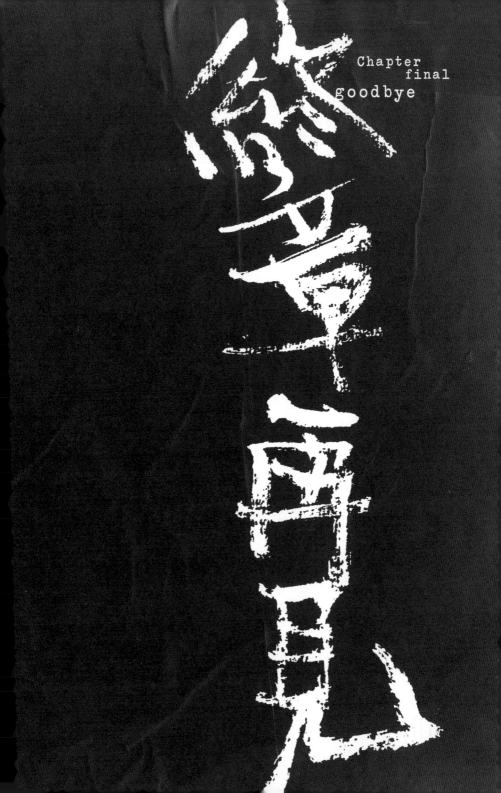

終章

Chapter
final
goodbye

終章 再見

Chapter final goodbye 01

一個月後。

所有在愛瑞發生的事件，都真真正正結束，我又回復到平淡的生活。

我跟允貞來到了沙灘。

「一世平淡也不是一件壞事呢。」我說。

「你說什麼？」允貞手上拿著一本《NANA》漫畫。

「沒什麼，嘿。」

藝愛已經離開了香港，伊隆麥也開始重整愛瑞食品集團，多明與賢仔繼續幫手，他們有問題出現時我也會出手，怎說我也是兼職「福利專員」，嘿。

允貞繼續在我的二手漫畫店工作，沒想到她也很快已經上手，而且對漫畫產生了興趣，有時放假，我們兩個會每人帶幾本喜歡的漫畫，到海灘一面吹海風一面看漫畫。

當看到有趣的故事橋段，我們又會向大家分享，很簡單的二人世界生活，不過，我覺得真的……

很幸福。

「《NANA》這本漫畫真的超好看！表達了成人世界的現實、困惑、失意、背叛、嫉妒、悲傷、無奈等等，唉……」允貞很認真地說：「我真的無法承受本城蓮這樣痛苦的結局！」

「現實世界不也是一樣嗎？」我看著藍天中的浮雲：「每個人都會經歷過妳所說的感受，不過，就因為如此，我們才會長大。」

「或者你說得對吧，就如我們的故事。」允貞笑說：「不是嗎？」

「對，嘿。」我看著她。

「今天你沒帶漫畫來嗎？還在想『那件事』？」允貞問。

「嗯。」我說：「我還是想不通。」

允貞拍拍我的頭：「都已經過去了，其實不用想太多。」

「我知道。」我微笑。

突然，下起雨來，我跟允貞立即離開沙灘，走到附近有瓦遮頭的地方避雨。

「嘻嘻！這就是人生嗎？」允貞看著滿身濕透的我。

「哈哈，對！天有不測之風雲！」我笑說。

在我們身邊有一對老夫妻也去了過來避雨。

「剛才都叫你先走去避雨，還要收起沙灘椅那些東西！」老太太說：「你看！現在滿身也濕透了！」

「當然先收起來吧！」老伯伯說：「東西收起來，放上車就不怕弄濕車的後尾箱！」

他們繼續爭拗，不過，完全沒有生氣的感覺，反而有一份老夫老妻恩愛的感覺。

「入矢，我們老了不知道會不會變成這樣呢？」允貞在我耳邊說。

「或者會吧！」我說：「到時別要罵我罵得這麼大聲，然後被身邊的年輕情侶聽到，嘿嘿！」

「嘻嘻！」

等等……

我腦海中突然閃出一個答案！

「先避雨？還是……先收下沙灘椅……」我自言自語。

「發生什麼事？」允貞問。

「我明白了……」我瞪大眼睛：「我終於知道不合邏輯的地方！」

「什麼意思？」

「我有地方要去！允貞妳陪我！」

「去哪裡？」

我拿出了手機打給了伊隆麥。

「啊？入矢嗎？很久不見了！」伊隆麥說。

「伊總，我想你幫我做一件事！」我說。

「是什麼？很緊急的嗎？」

然後，我說出了我的要求，他一口答應。

「沒問題，你也知道我認識很多人吧，哈哈，我幫你安排。」伊隆麥說：「不過，究竟發生了什麼事？」

「我調查過後再跟你解釋！」

「好，你想幾時？」

「今晚！」

「沒問題，我安排。」

掛線後，允貞問我：「我們要去那裡？」

我把她潮透的長頭撓在耳背：「關支能的住宅！」

*《NANA》，矢澤愛作品，一九九九年至今（於二零零九年六月休載）。

終章 再見

Chapter final

允貞跟我一起，駕車到西半山關支能的住所。

「入矢，你的意思是……」允貞問。

「對。」我看著前方的紅綠燈：「但我希望我是錯的。」

究竟我發現了什麼？

自從關支能死去的那天，我內心一直也很不安，不是因為我看到藝愛把關支能打死，而是我中心總是覺得有什麼「不合邏輯」。

直至今天中午在沙灘，我終於知道我心中那個「問題」的答案。

先避雨？還是先收下沙灘椅？

「當天，我在住所看到張岸守時，他第一句說話是……『入矢！快逃！』。」我說：「你覺得不是很奇怪嗎？」

「有什麼奇怪？」允貞不明白。

「他說過關支能有手槍之類的說話吧。」我說。

「這更加正常吧？因為關支能手上有手槍，所以叫你快逃。」允貞說。

「不，是先避雨，還是先收下沙灘椅的問題。」我說。

「我不明白！你再說清楚一點！」

「如果妳被綁著，又知道關支能手上有手槍，妳當時見到我的第一句說話應該會是說『入矢！快逃！』，對吧？」我解釋：「但問題在，我跟張岸守根本就不熟悉，他叫我快逃不是很奇怪嗎？他為什麼不說『快把我鬆綁』，然後才叫我『逃走』？是先後次序的問題。」

「好像有點奇怪。」允貞在思考著：「不過，也不代表什麼呢。」

「如果是真實的第一反應，一定不會叫我『快逃』，但如果是……一早已經準備好的對白呢？」我看著昏暗的山路：「已經想好了的對白，又沒想到這對白其實存在問題，所以他就只叫我『快逃』而不是『鬆綁』。」

「你這樣說，的確是有道理。」允貞說：「不過，我們不直接去問張岸守？」

「沒用的，他可以說謊，不會有真正的答案，除非……」我轉入了小路，來到關支能的住所前把車停下：「是由我來找出『答案』。」

獨立住所還被警方的膠帶包圍著，有一位便衣警員已經來到，應該是伊隆麥幫我安排的警員。

「這是鎖匙，還有案件的資料。」他把鎖匙給我：「我在外面等你，別要亂碰屋內的東西，知道嗎？」

「嗯，我知道了，謝謝周Sir。」

我跟允貞走入了住所內，燈還可以運作，一切就像回到那天一樣。

「還有一點很奇怪的。」我說：「當時關支能見到我後，他說『為什麼你會在我家裡』？這件事我一直也覺得很奇怪，書籤不是他寄給我引我來的嗎？為什麼他好像覺得我在他家中是很奇怪的事？」

「當時他不是喝醉了嗎？會不會忘記了？」允貞有點怕，依靠在我背後。

「當然是有這個可能，不過，如果他真的是引我到他家中對付我，他才不會忘記吧？」我說：「另外一件事，讓我很在意，就是當天的張岸守……太多說話了。」

「太多說話？」

「嗯，一個不多說話的人，竟然會不斷跟我說出『現在』的情況，不是很奇怪嗎？」我說。

「會不會是他太驚呢？」允貞問。

「太驚讓一個人多說話？不是會讓一個人緊張得不懂說話才對嗎？」我說：「這更加證明，他只是在……背著台詞。」

「好像有道理！」

我們坐到沙發上，地上的血跡還未完全清潔好。

「這裡很可怕啊！其實你要在這裡找什麼呢？」

「妳看看這裡。」我指著關支能案件的資料：「我早前已經跟周Sir通過電話，關支能的驗屍報告指出，他喝下的酒量不致讓他精神錯亂，反而是酒中的改良的艾司佐匹克隆而引起的。」

允貞在聽我解釋。

「少量的艾司佐匹克隆藥物有迷幻的成分，關支能可能是用來麻醉自己，不過有一個問題，當時，藝愛拿起的威士忌瓶，已經沒有了八成的酒，而關支能身體內的酒精成分又很低……」

「你意思是，他沒有喝下很多酒？等等，這些烈酒應該不是一天就喝完吧？可能已經喝了很久才會只餘下兩成的酒呢？」允貞跟我分析。

「我來這裡就是想知道這個問題。」我說：「妳跟我來。」

我們來到了關支能家中小酒吧，然後我給允貞一支七百毫升的酒，跟當時的威士忌瓶一樣重量。

「妳拿起它。」我說。

「有什麼問題？」允貞拿起了。

「妳試試揮動吧。」

允貞嘗試揮動，卻有點困難。

「是不是很重？除了裡面的酒，還有酒樽的重量，不是這樣簡易揮動。」我認真地說：「更何況是……用來殺人？」

允貞出現了一個驚訝的表情，她大概明白我想說什麼。

「跟我來！」我說。

「去哪裡？」

「洗手間！」

終章 再見

Chapter final goodbye 03

我們來到了關支能家的洗手間。

我在馬桶前，蹲了下來。

「你想做什麼？」允貞問。

我用鼻子嗅嗅馬桶……沒有。

然後，我再走到洗手盤前，把頭伸向洗手盆的去水位……

「媽的！」我大叫，然後用手掩著鼻子。

允貞也嗅嗅：「這是……很臭！」

是酒跟水管運合起來的氣味，因為是烈酒，揮發的氣味一直殘留在水管內！

「一定不會錯！酒沒有被關支能喝了，而是**被倒在洗手盆內！」**我說。

「不會吧……」

張岸守曾說：「就算關支能已經逃脫了罪行，他還是想贏我們！這種人，什麼也可以做得出來」。

當時，我還以為是張岸守跟我的想法一樣，我們都知道「人渣」的這一種心理，但其實……其實我忘記了，他也是一個有一百零一分的人！

他有同樣的「想法」，所以他才會知道關支能的「心理」！

我蹲了在洗手間的地上，雙手放在頭上。

「當時，張岸守的確是被緊緊綁著，我非常清楚，因為是我替他鬆綁的！」我抬起頭看著允貞：「他不可能自己綁自己，一定是有人把他緊緊綁著，那個人應該不是關支能，而是……」

「藝愛！」

允貞大叫著她的名字。

「嘿，我們最後……也被騙了。」我苦笑。

「入矢……」

如果我沒有估計錯誤，藝愛與張岸守他們一直在合作！

首先，藝愛跟關支能說，想對付張岸守與我，然後約了張岸守到他的家，藝愛暗裡用改良的艾司佐匹克隆讓關支能精神錯亂。張岸守來到他的家後，關支能還未清醒，藝愛把張岸守綁緊，之後就是劇情另一發展……**我的出現！**

我收到的書籤「今晚，一個人來」，不是關支能寄出，而是藝愛！他要引我來到單位，因為我才是「真正的主角」。

當時，關支能手上有手槍，或者也是藝愛的安排，因為有手槍才會讓他更像要對付我們，而藝愛才可以用自衛殺人作為合法辯解脫罪，而她用來殺死關支能的威士忌酒瓶，因為太重不容易揮動，所以她一早已經把酒倒去，就是倒在洗手盆內，她才可以……

更容易揮動玻璃樽……**殺、死、關、支、能！**

而我這個「真正的主角」，最後發揮了最重要的關鍵。

我成為了藝愛……

脫罪的證人！

我想起了藝愛跟我說的最後說話……

……

……

…

「我知道的，謝謝你一直的幫忙。」

XXXXXXXX

第二天早上。

我來到愛瑞五角大廈的天台，因為我約了他見面。

我約了張岸守見面。

「入矢，為什麼要來天台？」張岸守托托眼鏡說。

「你心知肚明吧。」我說。

然後，我把我所調查到的事，通通都告訴了他，他一面聽著一面微笑。

「唉，可惜，你沒有任何的證據。」張岸守雙手插入褲袋，走到我的身邊：「對，你沒跟她說過我有幾多分數？你可以告訴我嗎？」

他知道我可以看到人渣成分指數！

這代表了，藝愛一早已經告訴了他我的能力！

藝愛沒有告訴關支能，卻告知了張岸守，這代表了……

「我可以問你一個問題嗎？」我問。

「請說。」

「你們是由什麼時候開始合作？」

「三重間諜。」

張岸守說出了這四個字：「我想我已經回答你了。」

這代表了……他們在一早已經合作，關支能把藝愛放到楊偉超身邊，又把她放到我身邊，其實，

真正安排，是張岸守把藝愛放到其他男人的身邊，包括關支能！

螳螂捕蟬，黃雀在後！

是這樣嗎？

「我想你誤會了。」張岸守猜到我的想法：「這些不是我的安排。」

「什麼意思？」我皺起眉頭。

「我也是她的……棋子而已。」

「你意思是……」我不敢相信：「全都是藝愛的計劃？」

「本來，她的計劃沒這麼精彩，不過，因為有你的出現，她的劇本完美地完成。」張岸守說。

「你說謊！藝愛是被你利用！才不是她利用你！」我看著這個一百零一分的男人：「藝愛才不會殺死一個人！」

「你覺得是我安排，其實你這樣想也沒有問題，也沒所謂。」他微笑：「我不知道你看到我是多少分數，不過，我可以肯定，藝愛的分數……一定比我更高，高很多！」

我不斷搖頭，我不相信他的說話。

「藝愛跟我說過，如果你來找我，把事件都揭開了，叫我跟你說一件事。」張岸守說。

「是什麼？」

「藝愛……根本就沒有看到別人運氣的能力。」

「什……什麼？」

這件事比任何一件事讓我更震撼！

我的腦海中不斷出現了跟藝愛一起的畫面，她……一直也在欺騙我？

不！不可能！我沒法看到她的分數，她一定是……

「她的『能力』，就是能力者沒法看到她的任何數字。」張岸守說：「從你們第一次見面開始，她已經想到了用『運氣』來吸引你成為她故事的『主角』。當然，她最初的確是愛上關支能，不過，如果關支能真的是對付你，甚至是殺你，我相信藝愛會想出一個計劃，阻止他。」

我啞口無言，我已經不知道應該再相信誰。

張岸守搭一搭我的肩膊：「放心，我不是你的敵人，也不是伊隆麥與鄧鐵平的敵人，藝愛也吩咐過我，要幫助你們而不是跟你們為敵，我一定會遵守她的諾言。我才不想被她看上呢，因為，成為她敵人，**真的會比死更難受。」**

藝愛她……

「還有一件事，關支能的死是應得的，而且藝愛也想親手把他解決。」張岸守說：

「本來她只是想關支能身敗名裂，沒想到，他竟然禁錮一個女孩，所以她想親手解決他。」

我腦海中已經一片空白，不知道要怎樣回答他。

「什麼是人渣？賤種？怎樣才是一個善良的人？殺了像關支能這樣變態的人，殺他的人就是人渣？其實，根本就沒有一個真正的定義。」張岸守說：「總之，一切已經結束，你信不信是你的事，而且你也沒有什麼損失呢。」

不，我損失了一個「真心的朋友」。

或者，他們的關係只是「合作」，張岸守根本不會明白。

「嘿……」我低下苦笑：「唉……最後也還是被擺了一道。」

本來，我是有點生氣的，不過，我決定不想再追究下去。

我只能苦笑，嘿。

「我先走了。」張岸守說：「對，藝愛還說，你是一個好男人，要好好對待允貞。」

「張岸守，我不知道你的說話是真是假，不過，如果你想對付我的人、我的朋友……」我說。

「我有仇必報，我要你比死更難受！」

我們兩個人一起說。

「哈，我知道了，放心吧，你永遠不是我的敵人，老實說，我很喜歡你以下犯上的決心，如果世界上有更多像你一樣的人，我想社會不會變成現在這樣。」張岸守說完後回頭離開：「好了，我走了，今天又是繁忙的一天。」

天台的門關上，只餘下我一個人。

我走到石壆前，看著香港的維多利亞港，一隻老鷹，正在各棟大廈中穿插飛翔，完全無畏人類建築出來，高聳入雲的建築物。

牠，一直在這個醜陋的人類社會中生活著。

生存著。

「藝愛，我應該相信他嗎？」我對著空氣笑說。

或者，最後我也不會知道答案，不過，我可以肯定一件事。

就算她一直在欺騙我也好……

我們的回憶，也是真真實實的。

我露出了犬齒，笑了。

終章 再見

Chapter final goodbye 05

半年後。

入矢火鍋店。

伊隆麥用了我的名字開了一間Doctor Food的火鍋店，痴線，我還未死！為什麼要用我的名字？嘿。

今天，我們所有人都來一起吃火鍋。

我、允貞、多明、賢仔、伊隆麥、凱琳絲、何大福、高美子，還有兩個人，一個是賢仔的女朋友，還有……張岸守。

「我很少參加這樣的聚會。」張岸守有點不自然。

「哈哈！多些來吧！生活不只是工作，多點和朋友一起，人生也會快樂一點！」伊隆麥笑說。

我對張岸守還是有戒心，不過，這半年來，他一直幫助伊隆麥，而且也沒有要對付我們的舉動，我姑且相信他的說話，而且我也不想成為他的敵人。

我沒有告訴其他人，張岸守跟我說藝愛的事，現在只有我們知道「真相」，當然，他也沒有告訴別人。

「多明，你怎樣了？好像不高興似的？」坐在他身邊的高美子問。

「沒有！」多明說。

「他當然不高興吧！現在賢仔跟我都有女朋友了，他還是單身狗！」我笑說：「嬲了！嬲了！」

「我才沒有嬲！入矢你去死吧！」多明說。

「多明很快會找到女朋友的！」賢仔說：「我可以看到別人『何時拍拖』的能力！」

「賢仔也開始懂得說笑了！哈哈！」我笑說。

全枱人也在大笑。

早前，賢仔說有新的目標，那個人就是……Michelangelo的大胸Reception蘇菲亞，真的沒想到，賢仔竟然追到她！蘇菲亞的人渣成分指數是六十六分，還好吧，當然，我沒有告訴賢仔。

我看著蘇菲亞，她跟我點頭微笑。

「別告訴賢仔蘇菲亞的分數，讓他們自然發展吧。」允貞在我耳邊說。

「當然！」我說：「不過如果她是欺騙賢仔，我一定會教訓她！」

「教訓你才對，你看蘇菲亞對賢仔多好。」允貞說：「有時不一定用分數去看待一個人呢。」

「知道了！知道了！」

允貞經常都會提醒我，就算是來到「賤種」的分數，我也不需要每次都想對付他們，因為世界上有太多的人渣，我根本沒法每個都對付。

別要讓人渣破壞了你的心情，快樂最重要。

「對，入矢，我爸給你的那份報告，你看了嗎？」伊隆麥在我身邊問我。

他說的是「鍾光迅調查報告」，即是我父親殺死爺爺嫲嫲的詳細報告。

「我燒了。」我說。

「燒了？」

「對，我不想知道。」我笑說：「濤鴻曾跟我說，回憶永遠也是最美好的，我不想再去想痛苦的回憶。」

「明白了，你的選擇正確！」他給我一個讚的手勢。

為什麼要再被痛苦的回憶糾纏？我才不會這樣蠢！

「好！來我敬大家一杯！祝愛瑞生意額蒸蒸日上！」大福舉起了酒杯：「還有……祝大家長命百歲！」

全枱人也呆了一樣，煞有介事看著他，因為大家也知道大福可以看到別人的壽命。

「放心吧！沒其他意思的！你們每個人都很長命！哈哈！」大福尷尬地笑說。

「來！我先敬『救世主』大福一杯！」我也舉起了酒杯：「大家也乾杯！」

「乾杯！」

或者，幾個月跟好朋友聚會一次，已經是最快樂的事。

社會上充滿了人渣與賤種？

我要他們比死更難受！

不，嘿。

我希望大家也可以做好自己，別要做別人口中的「人渣」，社會就會變得更好。

那就不需要我再說：「我要他們比死更難受」吧，對嗎？

這是我的心願。

真心的心願。

終章 再見

Chapter final goodbye 06

晚餐後，我因為喝了酒，決定叫車回家。

「明天記得高美子放假，你要返早回去開門。」允貞看著手中的記事簿。

「我知道。」我的頭依靠在她的肩膀：「沒問題的，我不是喝了很多。」

「不過多明好像喝醉了，嘻！」

「單身明！」我們一起說，然後笑了。

「對，最近有沒有藝愛的消息？」我隨意地問。

「你不知道嗎？她開了一個Instagram帳戶，記錄她在歐洲的旅程，還拍了很多相片啊！」允貞說。

「是嗎？我怎樣不知道的？」我說。

「我以為她有聯絡你啊！她在Instagram私訊我跟我說的！」允貞說。

「讓我看看。」

允貞把手機給我看，有很多不同的歐洲景點相片，包括巴塞隆納的高迪聖家大教堂、土耳其的棉花堡、意大利的羅馬鬥獸場等等，而最吸引我的，不是這些風景相片，而是帳戶的相片與簡介。

帳戶相片是一本沒有太多人認識的漫畫，漫畫叫《亞特蘭提斯之謎》。

更正確的書名叫……《亞特蘭提斯之謎：入矢堂見聞錄》。

這是我其中一套最愛的漫畫，因為那個男主角，跟我一樣也叫……入矢。

當然，我比他英俊多了，嘿。

在介紹中，有一句文字。

「世界上，從來沒有人可以迫你做你不願意做的事。」

這是我跟藝愛說過的一句說話。

她放在簡介了。

她放在心了。

斯洛文尼亞布萊德湖旁的一所咖啡店。

她悠閒地一面喝著咖啡、一面用電腦打著她的遊記。

不久，她關上了上電腦，然後拿出了一本很舊的筆記簿，她開始寫著自己的日記。

沒有人可以看到，只屬於她的日誌。

其實，我也很想知道自己究竟有多少分數？一百零一分？一百二十分？還是只有二十分？我真的很想讓你看到我的分數。

如果我是很高分的女人，一開始，你又會跟我成為朋友嗎？

我一直也在欺騙你，你還在生我的氣嗎？

我用我的雙手，去對付那個變態的人渣，你又會明白我的心情嗎？

我最後要你成為我的證人，就是想讓你看到其實我不是一個怎樣「善良」的人。

或者，這是我自責的贖罪方法。

這麼多年來，我遇上過不同的「能力者」，每一位都看不到我身上的分數與數字，他們都很驚訝，不過，我已經習慣了。

遇上過這麼多人之中，只有你，讓我一直也對自己說的謊言，有一種罪惡感。

我從來沒有罪惡感。

只有你讓我有這一份感覺。

我很想跟你說出整件事的真相，很想你明白我的感受。

我很想跟你說，當一個人見過太多生生死死，對死亡就不會再有任何感覺。

我很想跟你說，可能我其實已經是一個「死去的人」，所以你沒法看到我的分數。

可惜，最後我還是沒法面對你。

沒法親口跟你說。

我很喜歡你跟我說的道理，無論是有關愛情，還是這個社會，我很喜歡聽你的說話。

不知道，以後我們會不會再有機會見面呢？

到時，你會原諒我曾經欺騙你嗎？

無論是怎樣，我也希望你可以幸福地生活下去。

比我這個不幸的人，更幸福地生活下去。

一百年？二百年？五百年？

我自己也忘了。

在我漫長的生命中，遇上過很多人，而你，是當中最特別、最重的一位，沒有人可以代替你在我心中地位。

永遠也沒有。

她寫到這裡，合上了這本很舊的筆記簿。

筆記簿的封面上寫著一八三七年，維多利亞時代（Victorian era）。

她看著寧靜的布萊德湖，喝了一口咖啡。

她的眼淚，滴到咖啡之中。

漂亮的她，微笑地流下了動人的眼淚。

「祝你永遠快樂。」

……

…

．

她的故事，又是另一個故事的開始。

孔藝愛的故事。

三年後。

停留二手漫畫店。

「入矢，你怎可以讓允昱看這些漫畫！」允貞把小男孩手中的《東京喰種》拿起：「他才兩歲而已！」

「也沒什麼呢？讓他早點了解這個世界不是更好嗎？嘿。」入矢笑說。

鍾允昱就是他們的兒子，允貞終於達成了心願，擁有一個像入矢一樣的「孩子」。

「你要他了解食人的世界嗎？」允貞拿出另一本漫畫：「他這個年紀，應該是看這些！」

入矢看著那本漫畫……《櫻桃小丸子》。

「《櫻桃小丸子》是女生看的，允昱是大男孩才不看！」入矢高興地抱起他：「是不是啊？允昱！」

「嘻嘻！」允昱甜甜的笑容，讓人心也溶化了。

就在此時……

「一、五、三、七……」

允昱指著漫畫店外的路人，說出了奇怪的數字。

入矢與允貞呆了。

「不會吧？」允貞非常驚訝。

「我想……是遺傳了！」入矢也眼定定看著自己的兒子。

「不知道允昱看到的數字代表了什麼？」允貞看著入矢微笑。

「就讓他在成長中，自己慢慢去了解吧！」入矢說。

他們一起看著允昱，愉快地笑了。

「嘻嘻！」

每一代人都有終於他們的故事。

他的故事，又是另一個故事的開始。

鍾允昱的故事。

《人渣第二部》

賤種

全文完

*《亞特蘭提斯之謎：入矢堂見聞錄》，東周齋雅樂美作品，魚戶修作畫，二零零四年至二零零七年，全十五卷。

*《東京喰種》，石田翠作品，二零一一年至二零一四年四十二號，全十四卷。

*《櫻桃小丸子》，櫻桃子作品，一九八六年至一九九六年、二零零二年至二零一六年，全十七卷。

人渣成分指數排行榜（認識的人）

已出場

出場人物	人渣成分指數
張岸守	101
徐十候	92
關支能	90
澤哥	83
楊偉超/楊萎	82
陳彩英	82
鍾光迅	81
小馬哥	81
張戶七/七佬	75
細明/狗明	72
馬大俊太太	71
馬大俊	70
富耀證券經紀古天	68
小傑	67
蘇菲亞	66
二廚	65
張于秋	58

出場人物	人渣成分指數
周多明	57
凱琳絲	56
廚房東哥	54
鄧喜妍	53
燒味師父良哥	52
鴨寮街老闆達叔	52
英姐	51
金允貞	48
陳達萬	45
高美子	44
賢仔	38
溫濤鴻	32
陳大榮	29
伊隆麥	28
修女	26
鍾入矢	N/A
孔藝愛	N/A
何大福	N/A

日本漫畫作品列表

《咒術迴戰》，芥見下下作品，2018年至今。

《天元突破 紅蓮螺巖》，森小太郎作品，2007年至2013年，全10卷。

《FAIRY TAIL魔導少年》，真島浩作品，2006年至2017年，全六十三卷。

《龍珠》，鳥山明作品，1984年至1995年，全四十二卷。

《不思議遊戲》，渡瀨悠宇作品，小畑健作畫，1992年至1996年，全十八卷。

《一拳超人》，村田雄介作品，2012年至今。

《家庭教師HITMAN REBORN!》，天野明作品，2004年至2012年，全四十二卷。

《進擊的巨人》，諫山創作品，2009年至2021年，全三十四卷。

《Re：從零開始的異世界生活》，長月達平原作、大塚真一郎（人物原案）、マツセダイチ、楓月誠、野崎つばた、花鶏ハルノ作畫，2014年至今。

《暗殺教室》，松井優征作品，2012年至2016年，全二十一卷。

《龍珠》，鳥山明作品，1984年至1995年，全四十二卷。

《遊戲王》，高橋和希作品，1996年至2004年，全三十八卷。

《浪客劍心》，和月伸宏作品，1994年至1999年，全二十八卷。

《美食獵人TORIKO》，島袋光年作品，2008年至2016年，全四十三卷。

《寄生獸》，岩明均作品，1990年至1995年，全十卷。

《破壞獸》，本田真吾作品，2011年至2018年，全二十一卷。

《詐欺遊戲》，甲斐谷忍作品，2005年至2015年，全十九卷。

《NANA》，矢澤愛作品，1999年至今（於2009年六月休載）。

《亞特蘭提斯之謎:入矢堂見聞錄》，東周齋雅樂美作品，魚戶修作畫，2004年至2007年，全十五卷。

《東京喰種》，石田翠作品，2011年至2014年42號，全十四卷。

《櫻桃小丸子》，櫻桃子作品，1986年至1996年、2002年至2016年，全十七卷。

後記

終於完成了這年上半年的重要作品《人渣》與《賤種》。

瞳瞳（我的貓）正躺在我的電腦旁邊，嘿。

這一年依然是很難捱的一年，疫情的發展，在最初我相信沒有人會想到來到這麼嚴峻的地方，各行各業都飽受打擊，當然，出版業也不例外。

現實世界崩潰？不過，我還是很努力，去創造孤泣的世界。

回說這次的小說故事，我最喜歡就是「以下犯上」的入矢，對抗強權、幫助弱者是他的性格，當然，他不是一個道德主義者，他是「現實派」，用最現實的手法，有時甚至會拋低道德的枷鎖，去對抗「人渣」。

在這十四個人就有一個人渣的社會，你沒有這份「以下犯上」的決心？你又是不是其中一個人渣？

就如入矢最後說的，對付人渣最好的方法，就是先做好自己，別去成為別人眼中的「人渣」，這才是最重要的。

至少，社會上，已經少了你這一個「賤種」。

每次寫小說，除了是寫故事，我還想讀者有一種「領悟」。

你又有沒有從故事中得到什麼「領悟」呢？

「世界上，從來沒有人可以迫你做你不願意做的事。」

你覺得不可能嗎？很難做到嗎？才不是，其實都只因你「接受」了某些既定的規則，才會覺得不可能。

每個人都一定會死，但不代表每個人在生命中都活得有意義，你的人生活得有意義嗎？你是為什麼而生活下去？生存下去呢？

希望，當你看完整個故事之後，會靜下來，想一想你「真正的存在意義」。

好吧，有去到了哲學的問題了，嘿。

最後，我有一句說話，很想跟「人渣」與「賤種」說的。

「我有仇必報！我要你比死更難受！」

嘿。

孤泣字　4/2021

LWOAVIE RAY TEAM

孤泣特別鳴謝小說團隊

由出版第一本書開始，只得我一人。直至現在，已經擁有一個孤泣小說的小小團隊。謝謝一直幫忙的朋友。從來，世界上衡量的單位也會用金錢來掛勾，但在這個「孤泣小說團隊」中，讓我發現，別人為自己無條件的付出。而當中推動的力量就只有四個大字——

「我支持你」

很感動！在此，就讓我來介紹一直默默地在我背後支持的團隊成員。

APP PRODUCTION

JASON

傳說中的Jason是以戇直、純真、傻勁加上一點點的熱血配製而成。為了達成為一個小小的夢想，忍痛放棄一份外人以為穩定的工作，毅然投身自由創作人的行列。希望可以創作屬於自己的iOS App、繪本、魔術書、氣球玩藝書、攝影手冊、攝影集、IT工具書等。歡迎大家來www.jasonworkshop.com參觀哦！

EDITING

曦雪 WINNIFRED

愛幻想、愛看書、愛笑愛叫的怪小孩，平時所有愛做的都不會做，喜歡寫作卻不會寫，說是因為懂寫不懂作。現實中Winnifred的化妝師，見證多少有情人終成眷屬。喜歡美麗的事物，自成一角的審美態度：「美，可以是看不到、觸不到，卻能感受得到。」機緣巧合，成為孤泣的文字化妝師。

RONALD

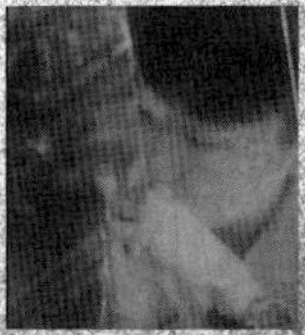

學藝未精小伙子，竟卻有幸擔任孤泣小說的校對工作。可說是人生一大幸運的事。

首喬

卞之琳這樣說：「你站在橋上看風景，看風景人在樓上看你。明月裝飾了你的窗子，你裝飾了別人的夢。」能夠裝飾別人的夢，是錦上添花。

小雨

顧城說：「黑夜給了我黑色的眼睛／我卻用它尋找光明」，願我們黑色的眼睛，不會忘記光明的樣子，不放棄。

I only have one person. Until now, I already have a small team of solitary novels. Thank you for your help. In the

MULTIMEDIA

GRAPHIC DESIGN

阿鋒

平面設計師，孤泣愛好者。由讀者搖身一變成為團隊成員之一，期望以自己的能力助孤泣一臂之力。

RICKY

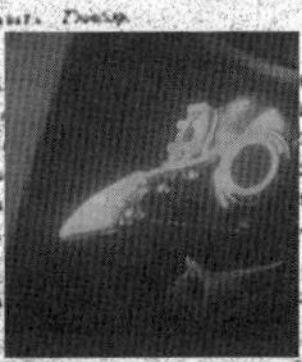

平面設計師，兜了一圈，原地做夢！感激孤泣賞識同時多謝工作室團隊，這團火燒到了我。創作人路是難行但並不孤單。

阿祖

喜歡電影、漫畫、小說、創作，希望替孤泣塑造一個更立體的世界。

ILLUSTRATION

13

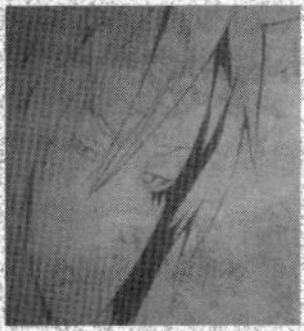

不善於用文字去表達心情，但喜歡以圖畫畫出一片天空，這片天空是無限大，同時存在了無限個可能。多謝孤泣給我機會發揮我自己，而孤泣的小說，是我的優質食糧。

LEGAL ADVISER

X律師

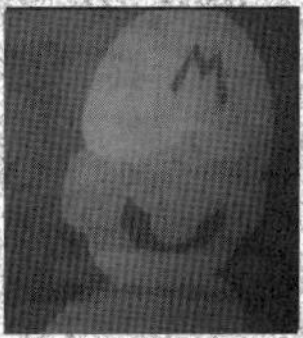

當孤泣問我如何殺人不坐監、未來人受不受法律約束時，我決定成為他的顧問，律師費請匯入我戶口，哈哈。

PROPAGANDA

孤迷會_OFFICIAL

www.facebook.com/lwoavieclub

IG: LWOAVIECLUB

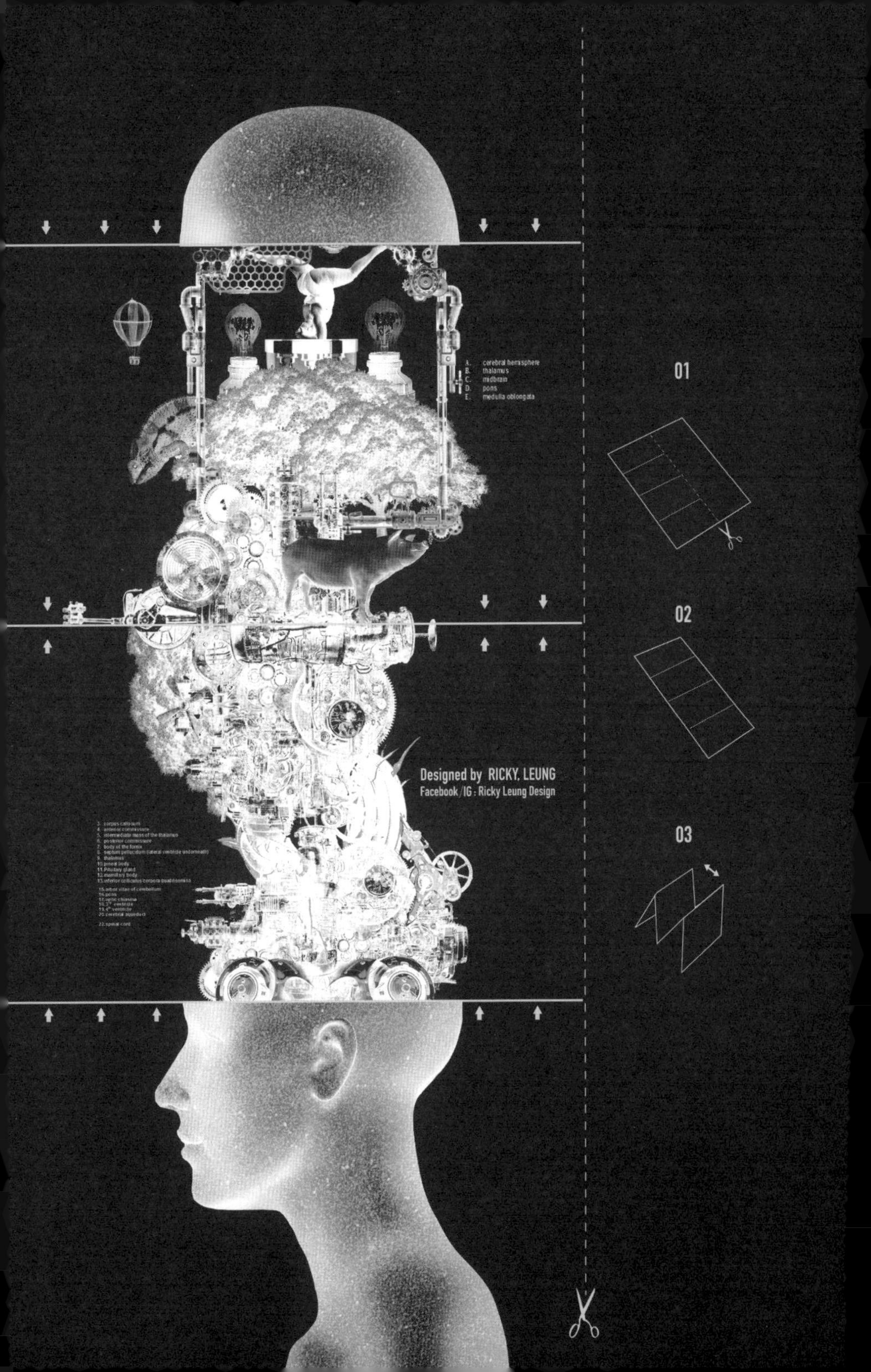

A. cerebral hemisphere
B. thalamus
C. midbrain
D. pons
E. medulla oblongata
Designed by RICKY. LEUNG
Facebook / IG : Ricky Leung Design
3. corpus callosum
4. anterior commissure
7. body of the fornix
9. thalamus
10. pineal body
11. Pituitary gland
12. mamillary body
16. pons
17. optic chiasma
20. cerebral aqueduct
22. spinal cord
01
02
03

SIGN
HERE

FROSTED FLAKES

人渣
第二部
SCUM INDEX 02

賤種

孤泣作品
LWOAVIE RAY

編輯 / 校對　小雨
設計　@rickyleungdesign

出版：孤泣工作室有限公司
荃灣德士古道 212 號，W212, 20/F, 5 室
發行：一代匯集
旺角塘尾道 64 號，龍駒企業大廈，10 樓，B&D 室
承印：美雅印刷製本有限公司
觀塘榮業街 6 號，海濱工業大廈，4 字樓，A 室

出版日期： 2021 年 7 月　ISBN 978-988-79940-5-3
HKD $98

孤出版